— *Les légions du mal* —

Tome 2

D1384776

— Les légions du mal —
Tome 2

STÉPHAN BILODEAU

GILLES SAINT-MARTIN

ADA
J·E·U·N·E·S·S·E

Éditeur : François Doucet
Révision linguistique : Daniel Picard
Révision : Nancy Coulombe, Katherine Lacombe
Design de la couverture : Tho Quan
Illustrations : Mylène Villeneuve
Mise en pages : Sylvie Valois
ISBN papier : 978-2-89667-490-9
ISBN numérique : 978-2-89683-236-1
Première impression : 2011
Dépôt légal : 2011
Bibliothèque et Archives nationales du Québec
Bibliothèque Nationale du Canada

Éditions AdA Inc.
1385, boul. Lionel-Boulet
Varennes, Québec, Canada, J3X 1P7
Téléphone : 450-929-0296
Télécopieur : 450-929-0220
www.ada-inc.com
info@ada-inc.com

Diffusion
Canada :   Éditions AdA Inc.
France :   D.G. Diffusion
             Z.I. des Bogues
             31750 Escalquens — France
             Téléphone : 05.61.00.09.99
Suisse :   Transat - 23.42.77.40
Belgique :   D.G. Diffusion - 05.61.00.09.99

Imprimé au Canada   SODEC

Participation de la SODEC.
Nous reconnaissons l'aide financière du gouvernement du Canada par
l'entremise du Programme d'aide au développement de l'industrie de l'édition
(PADIÉ) pour nos activités d'édition.
Gouvernement du Québec - Programme de crédit d'impôt pour l'édition de
livres - Gestion SODEC.

Vous pouvez maintenant visiter notre petit monde en vous rendant sur le site Web suivant :

www.avdj2.com

Ou sur notre forum :

www.SeriesFantastiques.com

Remerciements

Tout d'abord, un immense merci aux autres membres de l'équipe *À vous de jouer 2* : Cédric Zampini et Rémy Huraux. Bien que sur chaque tome soit crédité deux auteurs, les autres écrivains de la série ont également aidé à divers niveaux. Merci chers collègues.

Nous aimerions aussi remercier Mylène Villeneuve, dont les fantastiques illustrations illuminent ce tome.

Et pour terminer, un merci particulier à notre merveilleuse équipe de testeurs soit :

Pascale Bouchard (pas4bou)
Elise Sirois-Paradis

Louis-Pascal Bombardier (youko999)

Frédéric Roberge
(pon349)
Patrick Labonté
(BartCode)
Émanuelle Pelletier
Guay (Zozo)
Chantal Lambert
(AdriaNadorg)
Marc-Olivier
Deschênes
(Huntermeca)
Carla Klinger
Sébastien Thomas
Claude Mompéo
(seb le français)
Rick Ouellet (R.O)

Marguerite Audet
Yelle (sirendenvel)
Émilie Nadeau
(Timilie)
Alexanne Paré (Spix)
Francis Gagné (rancis)
Marie Bombardier
(Alizée)
William Bolduc
(mordio7)
Patrick Lirette
Myriam Tremblay
Michel Giroux
Dominic Turcotte
Jessyca Bilodeau et
Bianca Bilodeau

Table des matières

Mot de bienvenue

Bienvenue dans le monde fantastique d'*À vous de jouer 2*. Vous allez vivre de merveilleuses aventures dont vous, et vous seul, serez le personnage principal.

Pour cette aventure, vous aurez besoin de deux dés à six faces, d'un bon sens du jugement et d'un peu de chance.

En premier lieu, vous devrez créer votre personnage. Vous pourrez être un guerrier, une guerrière, un archer, une archère, un magicien, une magicienne, un druide ou une druidesse. Choisissez bien, car chaque personnage a ses propres facultés (le chapitre suivant vous expliquera la marche à suivre). Si vous êtes un habitué de la collection *À vous de jouer*, vous verrez qu'il y a quelques changements.

Le charme de cette série réside dans votre liberté d'action et dans la possibilité de retrouver votre héros et votre équipement d'un livre à l'autre. Bien que cet ouvrage soit écrit pour un joueur seul, si vous désirez le lire avec un partenaire, vous n'aurez qu'à doubler le nombre de monstres que vous rencontrerez.

Maintenant, il ne nous reste plus qu'à vous souhaiter une bonne aventure !

La sélection
du personnage

Avant de commencer cette deuxième aventure, vous devez choisir votre personnage.

Vous trouverez un modèle de fiche de personnage en annexe. Voulez-vous être guerrier, guerrière, archer, archère, magicien, magicienne, druide ou druidesse ? C'est à vous de choisir...

Il est possible de jouer un héros ou une héroïne. Mais les accords de la langue française n'étant pas aussi simples que ceux de la langue anglaise, nous avons écrit les aventures pour un héros masculin. Mais cela n'empêche pas les filles de jouer un personnage féminin tout de même.

Vous découvrirez également de nombreuses fonctionnalités sur notre nouveau site Web (www.avdj2.com).

DEXTÉRITÉ

Détermine votre coordination physique, votre aptitude à manier les armes, votre souplesse et votre équilibre. Elle est utilisée pour calculer l'habileté des guerriers.

PERCEPTION

Détermine votre aptitude à utiliser vos cinq sens. Elle permet d'utiliser les armes à distance plus facilement (visée, vitesse et sens du vent…). Elle est utilisée pour calculer l'habileté des archers.

SAVOIR

Détermine l'importance de vos connaissances et votre capacité à vous en rappeler (pour des formules magiques, par exemple). Elle est utilisée pour calculer l'habileté des magiciens.

ESPRIT

Détermine votre aptitude à exploiter la puissance de votre âme (pouvoirs psychiques) et celle de la vie (guérison). Elle est utilisée pour calculer l'habileté des druides.

POINT DE VIE (PV)

Ce total représente votre force vitale. S'il atteint zéro ou moins, vous êtes mort! Votre valeur maximale évoluera avec votre niveau.

Au départ, le guerrier et l'archer ont 52 PV; le magicien et le druide en possèdent 47.

CHANCE

Certains naissent sous une bonne étoile, alors que d'autres sont marqués par la fatalité… Votre chance évoluera au hasard de vos jets de dés (voir la section «test de chance»). Vous commencez avec une valeur de 7.

HABILETÉ

Elle détermine votre aptitude à combattre avec vos propres compétences. Elle est établie en fonction de la classe de votre personnage et de son équipement (voir la section « Les combats » pour son utilisation).

ÉQUIPEMENTS

Chaque classe de personnage possède son propre équipement. Vous en trouverez lors de vos aventures ou en achèterez dans les boutiques. Au début de cette aventure, le héros est invité à passer à la boutique de Wello avant son départ.

Vous pouvez avoir jusqu'à huit pièces d'équipement simultanément (tête, cou, corps, main gauche, main droite, anneau gauche, anneau droit, pieds).

Vous aurez des malus en combat si vous n'avez pas d'armes ou pas de protection de corps (voir la section « Les combats »).

OBJETS

Vous possédez un sac à dos pouvant contenir jusqu'à 30 objets. Si vous dépassez ce maximum, vous devrez jeter des objets pour faire de la place.

TALENTS

Chaque classe possède des talents spécifiques utilisables une seule fois chacun (il y aura des moyens de les régénérer). Comme vous obtenez un nouveau talent à chaque niveau pair (2, 4, 6, 8 et 10), vous avez 2 talents à partir de ce tome.

Ces nouveaux talents sont principalement des talents d'assault (TA). Voici les talents disponibles selon chaque classe pour ce tome :

GUERRIER / GUERRIÈRE	
HARGNE	NIVEAU 1
Agressivité passagère qui augmente les dégâts infligés de 5 points lors d'un assaut.	
POSITION DÉFENSIVE	NIVEAU 2
L'habileté du guerrier est augmentée de 5 points lors d'un combat s'il se bat avec un bouclier.	
ARCHER / ARCHÈRE	
ESQUIVE	NIVEAU 1
Extrême rapidité qui permet d'éviter les blessures pendant 2 assauts.	
TIR PRÉCIS	NIVEAU 2
Tir très précis. dégâts infligés +10 pendant un assaut.	
MAGICIEN / MAGICIENNE	
FOUDRE	NIVEAU 1
Foudroie l'adversaire et lui inflige 10 points de dégâts.	
GEL	NIVEAU 2
Le magicien gèle son adversaire. L'adversaire doit réduire son habileté de 5 points pendant la durée d'un combat.	

DRUIDE / DRUIDESSE	
SOINS	NIVEAU 1
Vous gagnez 10 points de vie et guérissez le statut empoisonné). Ce talent s'utilise à n'importe quel moment de l'aventure, même en combat.	
TOTEM AIGLE	NIVEAU 2
Le druide se transforme en aigle. Blessures reçues -1 par assaut pendant la durée d'un combat.	

OR ET ARGENT

Dans cette nouvelle série, nous avons ajouté des pièces d'argent en plus des pièces d'or habituelles. Le taux est de 100 pièces d'argent pour 1 pièce d'or.

Au départ de ce tome le héros possède 200 pièces d'argent (à moins que vous réutilisez un héros existant).

Quelques règles

LES BOUTIQUES GÉNÉRALES

Elles se situent dans la grande ville de chaque baronnie. On y trouve beaucoup plus d'objets que dans les boutiques locales et leurs propriétaires sont de fins connaisseurs. Vous pourrez vous y procurer un objet en payant le montant indiqué. Vous pourrez aussi vendre un objet en échange de la moitié de sa valeur. Ces boutiques sont accessibles dans les aventures et sur le site internet.

LES BOUTIQUES LOCALES

Elles se trouvent dans les villages que vous traverserez. Vous pourrez y acheter autant d'objets que vous voudrez, tant que vous avez de quoi payer, bien sûr! Les marchands locaux peuvent aussi racheter les objets à la moitié de leur valeur.

LA CARRIOLE « CHEZ PIT »

« Pit » est le diminutif de Peter, un vieux héros reconverti en marchand ambulant. Bien qu'il soit très vieux, il promène sa carriole tout le temps à travers les baronnies. Vous verrez souvent des objets pittoresques en sa possession.

LES POTIONS

Les potions sont importantes dans ce jeu. Assurez-vous d'en avoir toujours dans votre équipement. Elles permettent de regagner les points de vie que vous avez perdus au combat. Rappelez-vous que vous ne pouvez jamais dépasser votre total initial de points de vie.

Vous pouvez vous servir des potions à tout moment, même en cours de combat, sans être pénalisé.

LA MORT

Comme nous l'avons mentionné, vous êtes déclaré mort quand vos points de vie tombent à zéro ou si le texte vous le dit. Dans ce cas, vous devez absolument recomposer un personnage et recommencer le jeu au début. Certains objets peuvent aussi vous éviter la mort. À vous de les trouver !

LE TEST DE CHANCE

Lorsque l'on vous demande d'effectuer un test de chance, lancez deux dés. Si le résultat est égal ou inférieur à votre total de chance, vous êtes chanceux ; si cette somme est supérieure à votre total de chance, vous êtes malchanceux.

Résultats critiques : Si vous faites 2 (double un), vous serez toujours chanceux et votre total de chance augmentera d'un point. Si vous faites 12 (double six), vous serez toujours malchanceux et votre total de chance diminuera d'un point.

Exemple : Vous avez un total de chance de 5. Vous lancez les deux dés et…

- Cas 1 : vous obtenez un total de 4, donc vous êtes chanceux, car c'est inférieur à 5.

- Cas 2 : vous obtenez un total de 2, donc vous êtes chanceux ET votre total de chance augmente d'un point (il passe à 6). La prochaine fois qu'il y aura un test de chance, vous serez chanceux sur un résultat de 2 à 6 aux dés.

LE TEST DE CARACTÉRISTIQUES

Le succès d'une action dépend de vos compétences, mais aussi des conditions dans lesquelles elle se déroule. Dans ce cas-là, un test de caractéristiques permettra de trancher. Pour réussir, vous devrez égaler ou dépasser un niveau de difficulté (ND) imposé par le texte en additionnant vos points dans la caractéristique à tester et le résultat d'un lancer de dé. Des bonus ou malus pourront modifier ce total.

Exemple : dans un campement de voleurs, vous espionnez un groupe qui chuchote. On vous demande de faire un test de perception avec un ND de 5. Le dé fait 3…

- Si vous êtes l'archer avec 3 en perception, votre résultat est de 3+3=6.

Comme 6 est plus grand que le ND de 5, vous entendez les gredins fomenter un plan pour attaquer le village.

- Si vous êtes le druide avec 2 en perception, votre résultat est de 2+3=5. Vous égalez le ND, et vous entendez les gredins fomenter un plan pour attaquer le village.

- Si vous êtes le magicien avec 1 en perception, votre résultat est de 1+3=4. Comme 4 est plus petit que 5, vous n'entendez rien.

- Si vous êtes le guerrier avec 1 en perception, vous vous êtes rapproché plus près de la conversation, ce qui vous confère un bonus exceptionnel de 2 pour ce test. Par conséquent, le résultat de votre lancer de dé devient 1+3+2=6. Comme 6 est plus grand que 5, vous entendez les gredins fomenter un plan pour attaquer le village.

LES STATUTS

Lors de vos aventures, vous risquez d'être empoisonné par des plantes ou des créatures. De même, vous risquez de recevoir des malédictions venant d'objets maudits ou de créatures démoniaques.

- Sain : c'est le statut que vous avez au début de l'aventure. Ce qui veut dire que vous n'avez aucun malus.
- Empoisonné : le poison paralysant ralentit vos mouvements. Vous perdez 5 points d'habileté tant que vous ne vous êtes pas soigné.
- Maudit : vous ratez automatiquement vos jets de chance et de caractéristiques (ne lancez pas les dés).

Notez qu'il est possible d'être à la fois empoisonné et maudit (cumulez les effets).

LE NIVEAU
Votre personnage commence au niveau 1. Vous gagnerez 1 niveau par tome réussi. Un changement de niveau pourra augmenter vos caractéristiques ou vous permettre d'obtenir un talent et des PV supplémentaires. Les effets, suite aux changements de niveau, vous seront révélés à la fin de chaque tome.

L'utilisation de la carte

Vous trouverez au début de la quête une carte de la région. Conservez-la bien, car elle vous guidera tout au long de l'aventure. Vous retrouverez également ce document (version couleur) en format imprimable sur notre site Web :

www.avdj2.com

Cirque
80 Sélénique

Forêt des Lutins
20   Wello

Passe de   100
l'Orient   Volcan du
                     Levant

                70
         50   Col du
               Croissant

Shap

        40   90
                                   Steppe de
     Taverne   Cristal
      des
    10 Miracles
Lockern

                              60
                          Grotte des Galèns
         30
Squelette de Dragon

Nord

LES DÉPLACEMENTS

Chaque numéro de la carte représente un
paragraphe du livre. Le texte vous dira
vers quel lieu vous pourrez vous rendre.
Lorsque vous atteignez un nouveau lieu,
lisez le paragraphe du livre qui correspond
au numéro.

26

LES RENCONTRES ALÉATOIRES

Parfois, il vous sera demandé de «lancer un dé selon la règle des rencontres aléatoires». Lancez alors ce dé :

- Si le résultat est entre 1 et 3, vous rejoignez votre destination sans encombre.
- S'il est de 4 ou plus, vous rencontrerez un monstre sur le chemin.

Vous devez alors déterminer quel monstre vous allez affronter. Pour cela :

- Lancez à nouveau le dé.
- Ajoutez 190 au résultat.
- Aller combattre la créature située au paragraphe égal au résultat que vous avez obtenu.

<u>Exemple</u> : Vous lancez le dé et obtenez un 4. Donc vous rencontrez un monstre.

Au deuxième lancer, vous obtenez <u>5</u>. Vous devez donc combattre le monstre décrit au paragraphe 19<u>5</u> du livre.

Les combats

Voici le nouveau système de combat développé exclusivement pour la série *À vous de jouer 2*. Pour affronter les créatures terrifiantes qui ont envahi les baronnies du Sud, vous aurez besoin d'un dé et de la grille de combat ci-dessous (elle figure aussi sur toutes les fiches de personnages).

LA GRILLE DE COMBAT

Table		Différence entre l'habileté du héros et de son adversaire					
		Défense			Attaque		
		+ D11	D10 - D6	D5 - D1	A0 - A5	A6 - A10	A11 +
Lancer 1 dé (6 faces)	1	héros : -7	héros : -6	héros : -5	héros : -4	héros : -3	héros : -2
		adv : -4	adv : -4	adv : -4	adv : -4	adv : -4	adv : -4
	2	héros : -6	héros : -5	héros : -4	héros : -3	héros : -2	héros : -1
		adv : -4	adv : -4	adv : -4	adv : -4	adv : -4	adv : -4
	3	héros : -6	héros : -5	héros : -4	héros : -3	héros : -2	héros : -1
		adv : -5	adv : -5	adv : -5	adv : -5	adv : -5	adv : -5
	4	héros : -5	héros : -4	héros : -3	héros : -2	héros : -1	héros : 0
		adv : -5	adv : -5	adv : -5	adv : -5	adv : -5	adv : -5
	5	héros : -5	héros : -4	héros : -3	héros : -2	héros : -1	héros : 0
		adv : -6	adv : -6	adv : -6	adv : -6	adv : -6	adv : -6
	6	héros : -4	héros : -3	héros : -2	héros : -1	héros : 0	héros : 0
		adv : -6	adv : -6	adv : -6	adv : -6	adv : -6	adv : -6

AVANT LE COMBAT

Vous devez d'abord déterminer dans quelle colonne du tableau se fera le combat. Dans la partie **non grisée** (attaque), c'est vous qui avez l'avantage, dans la partie **grisée** (défense), c'est votre adversaire qui est avantagé. Pour cela, on utilise l'habileté (n'oubliez pas d'y ajouter les éventuels bonus et malus de vos équipements, arme, protection, statut...).

- Si votre habileté est supérieure ou égale à celle de votre adversaire, vous aurez l'avantage sur lui. Vous utiliserez donc la partie **non grisée** (attaque) du tableau. Votre habileté moins celle de votre adversaire est égale à la **colonne** que vous utiliserez.

- Si votre habileté est inférieure à celle de votre adversaire, vous serez désavantagé. Vous utiliserez donc la partie **grisée** (défense) du tableau. Dans ce cas, c'est l'habileté de votre adversaire moins la vôtre qui est égale à la colonne que vous utiliserez.

Certains objets ou talents vous permettront de modifier votre habileté ou celle de votre adversaire. Dans ce cas, bien sûr, vous changerez de **colonne** en fonction du nouvel écart entre vos habiletés.

Exemple 1 : Si vous avez une habileté de 5 et que votre adversaire a une habileté de 12, vous êtes désavantagé, vous utilisez donc la partie **grisée** (défense) du tableau, plus précisément la **colonne D10—D6** vu que 12-5=7.

Exemple 2 : Si vous avez une habileté de 5 et que votre adversaire a une habileté de 15, vous utiliserez donc la même **colonne**, vu que 15-5=10. Vous décidez d'utiliser un parchemin de langueur pour ce combat (dont l'effet est de diminuer l'habileté d'un ennemi de 10 points). L'habileté de votre adversaire passe à 15-10=5. L'adversaire a maintenant une habileté égale à la vôtre, ce qui vous avantage. Vous utiliserez donc maintenant la partie **non grisée** (attaque), et plus précisément la **colonne A0—A5** vu que 5-5=0.

PENDANT LE COMBAT

- Le combat se déroule en plusieurs assauts. À chaque assaut, lancez un dé.
- Rendez-vous ensuite à la ligne du tableau qui correspondant au résultat du dé.
- Le résultat de l'assaut est la case correspondant à l'intersection de votre colonne et de votre ligne. Dans cette case se trouve une partie héros et une partie adversaire suivie d'un chiffre. C'est le nombre de points de vie que vous et votre adversaire perdez (comme pour l'habileté, certains objets ou talents donnent des bonus ou malus aux dégâts, ne les oubliez pas!)
- Et voilà, l'assaut est terminé! Vous n'avez plus qu'à entamer le suivant qui se déroule de la même façon.

Le combat se termine lorsque vos points de vie ou ceux de votre adversaire tombent à 0, ce qui signifie la mort du combattant.

Attention, vous ne pouvez utiliser qu'un seul talent au début de chaque assaut. N'oubliez pas alors de cocher la case sur votre fiche de personnage AVANT de lancer le dé.

EXEMPLE DE COMBAT

Vous êtes un guerrier de niveau 1 (H : 7, PV : 15) qui combat un voleur (H : 6, PV : 20). Vous pouvez utiliser le talent hargne. Comme vous possédez la plus haute habileté, vous utilisez la partie non grisée (attaque) plus précisément la colonne 0-5, vu que 7-6=1.

- 1er assaut : vous lancez le dé, et obtenez un 5 (ce qui est un bon résultat). La case qui est à l'intersection de la ligne 5 et de la colonne 0-5 indique : héros : -2 et adv : -6. Ce qui signifie que vous perdez 2 PV et votre adversaire 6 PV. Vous avez maintenant 15-2=13 PV et le voleur 20-6=14 PV.

- 2e assaut : vous décidez d'utiliser votre hargne (+5 dégâts) pour cet assaut. Cochez la case sur votre fiche de personnage. Vous lancez le dé qui fait 2. Soit le résultat suivant dans le tableau : héros : -3 et adv : -4. Ajoutez les dégâts de la hargne aux 5 dégâts que recevra le voleur (4+5=9) : vous perdez 3 PV et votre adversaire, 9 PV. Vous avez maintenant 13-3=10 PV et le voleur 14-9=5 PV.

- 3e assaut : vous lancez le dé, et obtenez un magnifique 6. La case indique héros : -1 et adv : -6. Il vous reste 10-1=9 PV alors que le voleur rend son dernier souffle. Vous ramassez sa bourse qui contient 10 pièces d'or et continuez votre chemin, sans oublier de boire quelques potions de vie !

MALUS DE COMBAT

Vous aurez des malus si vous n'êtes pas suffisamment équipé pour vous battre.

- Vous devrez déduire 3 points aux dégâts que vous vous infligerez si vous vous battez sans armes (main droite non équipée). Exception pour l'archer, qui doit être équipé d'un arc (main gauche) **et** de flèches (main droite) pour éviter ce malus.

- Vous devrez doubler les blessures reçues en combat si vous n'êtes pas muni d'une protection corporelle (Corps non équipé).

Les légions
du mal

Un frisson vous saisit. Les yeux écarquillés, vous vous redressez brutalement.

— Où suis-je?…

Vous reprenez peu à peu vos esprits. Ce lit de satin, cette chambre raffinée… Vous êtes à Shap, au château de Joline. Il fait nuit et tout est calme. Mais quelque chose cloche. Vous vous sentez tout engourdi. Comme si…

— Jack! grondez-vous.

— Oui, maître?

— Qu'est-ce que tu fiches à cette fenêtre? Veux-tu bien la refermer? Je gèle!

— Booo… Ce n'est que l'air du large. Si tu avais connu le pays de Telka, tu…

— Jack!

— D'accord, je la ferme…

Vous vous blottissez sous les draps, tout grelottant. Votre petit compagnon bondit sur le lit.

— Quand même, tu exagères, Jack. Que faisais-tu ?

— Je pensais… soupire la grenouille.

— À quoi ?

— Gardolon me manque…

À cette heure indécente, les états d'âme de votre compagnon vous portent légèrement sur les nerfs.

— S'il veut rentrer chez lui, le chevalier mélancolique, qu'il ne se prive pas, grommelez-vous.

— Tu ne t'en sortirais jamais sans moi. Tu le sais bien. Regarde, un simple courant d'air et t'as peur de t'enrhumer…

***

Le lendemain matin, vous êtes réveillé par le chant criard des mouettes. Jetant un œil par la fenêtre, vous vous délectez de voir l'océan se parer d'un bleu intense et profond.

Soudain, on frappe à la porte. C'est un soldat de la garde personnelle de Joline.

— La baronne veut vous voir, messire, déclare-t-il. Suivez-moi.

Commencez la quête.

La quête

Vous retrouvez Joline sur le grand balcon de la salle d'honneur. Vêtue d'une distinguée robe jaune flottant au gré de la brise, sa délicate silhouette est tournée vers l'est. Elle est entourée de ses officiers. L'expression soucieuse de son visage ne présage rien de bon. Mais lorsqu'elle vous aperçoit, un sourire hésitant se dessine sur son joli visage ridé.

— Bonjour, chers amis de Gardolon, débute-t-elle.

— Bonjour, baronne, répondez-vous sobrement. Avez-vous des nouvelles?

— Nous en savons assez, maintenant. Ce n'est pas rassurant.

— Dites-moi tout.

— Vous avez dissipé le brouillard maléfique qui isolait notre cité. Mais le démon Marfaz, le créateur de cette abomination, est maintenant en route pour attaquer la baronnie de Wello. Sur son passage, il déverse mille malédictions et se constitue une redoutable armée.

— Wello n'a pas besoin de ça, rétorquez-vous. Des centaines de réfugiés affluent déjà dans ses murs. Et si jamais cette baronnie tombe, le royaume de Gardolon sera directement exposé. Il faut prévenir Jeld, le baron de Wello !

— Je suis d'accord, mais ce ne sera pas suffisant, ajoute-t-elle. Ce démon est trop puissant…

— Que proposez-vous ?

— Marfaz a fait trop de mal. Il doit périr. Je suis prête à envoyer mon armée.

Sa proposition vous comble autant qu'elle vous surprend.

— Je n'en espérais pas tant, avouez-vous. De toute évidence, l'ennemi a changé d'objectif. Où est-il, en ce moment ?

— D'après mes informateurs, il est dans les Monts de la Lune. On me l'a décrit comme une immense créature ayant trois yeux de braise. Elle serait pourvue de multiples pattes aux griffes acérées. C'est horrible…

— Il faut lui passer devant, déclarez-vous. L'armée de Wello doit absolument être préparée à la bataille si nous voulons prendre celle de Marfaz en tenailles.

— Mais comment s'y prendre ? demande Joline, visiblement peu coutumière des stratégies militaires.

— Je ferai…

— Nous ! intervient Jack en vous passant devant.

— Pardon, Jack, corrigez-vous en soupirant. Nous ferons le voyage et préviendrons Jeld. Son armée fera face, je vous le promets. Que vos troupes partent une journée après nous. La jonction sera faite le jour suivant.

Vos paroles semblent redonner de l'espoir à Joline. Son visage s'illumine d'un sourire rassuré.

— J'applaudis votre courage, reprend-elle. Je vous offre 10 de mes meilleurs soldats, afin de vous épauler dans cette mission délicate.

La baronne se tourne vers un de ses officiers.

— Général Ambroise, rassemblez 10 éclaireurs et qu'ils se mettent en selle, ordonne-t-elle.

— À vos ordres, baronne ! répond le soldat ; un robuste rouquin barbu dont le visage arbore autant de taches de rousseur que de cicatrices.

— Les Monts de la Lune sont sauvages, ajoute-t-elle en se retournant vers vous. Voici une carte qui vous aidera.

Joline vous tend une carte du nord de la baronnie (notez-la sur votre fiche de personnage).

— Marfaz a probablement lancé de nouvelles malédictions, précise-t-elle. Votre voyage s'annonce périlleux.

— Je m'en arrangerai, répondez-vous en la remerciant d'un signe de tête.

Vous vous tournez vers un soldat et lancez vos premiers ordres ; inaugurant ainsi votre nouveau statut de chef d'escouade.

— Qu'on selle mon cheval. Je vais préparer mes affaires.

— Moi aussi ! déclare Jack sur un ton enjoué, imitant votre gestuelle.

— Rendez-vous dans la cour, mes braves, conclut Joline.

Allez au **1**.

1

Plongée dans l'ombre profonde des murailles, la cour est en proie à une grande agitation. Les sabots des chevaux claquent sur les pavés et la tension monte. Grimpés sur leurs fougueux étalons, les éclaireurs sont déjà prêts à partir.

— Ces hommes sont braves, déclare le général Ambroise, fier de ses soldats. Commandez-les avec sagesse.

Vous êtes maintenant à la tête d'une escouade de 10 éclaireurs d'élite. Lorsque vous vous battrez ensemble, chaque soldat vous procurera <u>un bonus de 1 point d'habileté et de 1 point de dégât à chaque assaut</u>. Notez ces informations sur votre fiche de personnage.

Joline vous attend devant la porte de la salle d'alchimie.

— Il vous faut tous les atouts possibles, déclare-t-elle. Je vous offre ces potions de bon cœur.

Vous pouvez prendre ce que vous voulez, dans la limite de la place disponible dans votre sac, évidemment.

OBJETS	EMPL.	DISPONIBLE
POTION MINEURE	Sac à dos	5 fioles
Permet de récupérer 10 points de vie		
POTION INTERMÉDIAIRE	Sac à dos	2 fioles
Permet de récupérer 20 points de vie		
ANTIDOTE	Sac à dos	2 fioles
Annule le statut empoisonné		
EAU BÉNITE	Sac à dos	2 fioles
Annule le statut maudit		

À peine votre sac rempli des délicates fioles, Jack sort d'un recoin en tenant une étrange boule de verre entre ses pattes.

— Super! Un truc magique! s'exclame-t-il, tout excité.

Joline se met à rire.

— Et moi qui la croyais perdue, déclare-t-elle. Elle m'a été offerte par Sheldanne, mon ancienne conseillère.

— Ça sert à quoi ? demande Jack, toujours aussi curieux.

— Malgré tes bêtises, tu m'es très sympathique, Jack. Même si tu l'as prise sans me demander la permission, je te prête cette boule. Si jamais tu te retrouves séparé de ton maître, il pourra voir à travers tes yeux avec un léger temps de retard.

— Moi, je n'ai pas tellement envie qu'il voit à travers moi.

— Alors cette chose t'est inutile.

— Bon, allez. Je la prends quand même, rétorque Jack. Mais c'est vraiment parce que je suis sympa…

Notez la boule de vision sur votre fiche de personnage. Si vous réussissez cette mission, il faudra la rendre à Joline.

Vous remerciez la baronne et sortez de la salle. Montant en selle, vous prenez le commandement. Les hommes ont beau avoir du courage, ils ne savent pas trop à quoi s'attendre. Une lueur de crainte se dessine dans leurs yeux.

— En avant, soldats de Shap ! déclarez-vous d'une voix confiante. Direction les Monts de la Lune !

« Allez, suivez-moi ! »

— Allez, suivez-moi ! ne peut s'empêcher d'ajouter Jack en brandissant sa petite épée.

Sous les yeux des habitants, votre groupe s'élance au petit trot.

— Et si nous faisions quelques emplettes, maître ? demande Jack en regardant défiler les étals colorés.

Si vous décidez de prendre un peu de temps pour profiter de la boutique de Shap, allez au **2**. Si vous pensez être suffisamment équipé pour cette quête, allez au **3**.

2

Vous approuvez la proposition de Jack.

— Celle-là, maître !

Une boutique a tapé dans l'œil de votre petit compagnon. Vous ordonnez de stopper et mettez pied à terre.

Voici la liste des objets que vous pouvez acquérir. Vos biens peuvent être revendus pour la moitié de leur valeur d'achat.

OBJETS	EMPL.	PRIX
POTION MINEURE	Sac à dos	5 pièces d'argent
Permet de récupérer 10 points de vie		
POTION D'HABILETÉ	Sac à dos	15 pièces d'argent
Ajoute un bonus de +2 points d'habileté pendant 1 combat		
POTION INTERMÉDIAIRE	Sac à dos	10 pièces d'argent
Permet de récupérer 20 points de vie		
ANTIDOTE	Sac à dos	5 pièces d'argent
Annule le statut empoisonné		
EAU BÉNITE	Sac à dos	5 pièces d'argent
Annule le statut maudit		
POTION DE PUISSANCE	Sac à dos	15 pièces d'argent
Ajoute un bonus de +2 aux dégâts infligés pendant 1 assaut		
ÉPÉE DE BASE	Main droite	10 pièces d'argent
Réservée aux guerriers, évite le malus de -3 aux dégâts infligés		
COTTE DE MAILLE	Corps	10 pièces d'argent
Réservée aux guerriers, évite le doublement des blessures reçues		
ARC DE BASE	Main gauche	10 pièces d'argent
Réservé aux archers, évite le malus de -3 aux dégâts infligés		

OBJETS	EMPL.	PRIX
FLÈCHES DE BASE	Main droite	10 pièces d'argent
Réservées aux archers, évitent le malus de -3 aux dégâts infligés		
VESTE DE CUIR DE BASE	Corps	10 pièces d'argent
Réservée aux archers, évite le doublement des blessures reçues		
BÂTON DE BASE	Main droite	10 pièces d'argent
Réservé aux druides, évite le malus de -3 aux dégâts infligés		
TUNIQUE DE BASE	Corps	10 pièces d'argent
Réservée aux druides, évite le doublement des blessures reçues		
BAGUETTE MAGIQUE DE BASE	Main droite	10 pièces d'argent
Réservée aux magiciens, évite le malus de -3 aux dégâts infligés		
TOGE DE BASE	Corps	10 pièces d'argent
Réservée aux magiciens, évite le doublement des blessures reçues		
CASQUE D'ÉBÈNE	Tête	20 pièces d'argent
Réservé aux guerriers, permet de gagner 1 point d'habileté		
PLASTRON D'ÉBÈNE	Corps	20 pièces d'argent
Réservé aux guerriers, permet de gagner 1 point d'habileté		

OBJETS	EMPL.	PRIX
ÉPÉE D'ÉBÈNE	Main droite	20 pièces d'argent
Réservée aux guerriers, ajoute 1 point aux dégâts infligés à l'adversaire		
BOUCLIER D'ÉBÈNE	Main gauche	20 pièces d'argent
Réservé aux guerriers, permet de gagner 1 point d'habileté		
BÉRET D'ÉBÈNE	Tête	20 pièces d'argent
Réservé aux archers, permet de gagner 1 point d'habileté		
VESTE D'ÉBÈNE	Corps	20 pièces d'argent
Réservée aux archers, permet de gagner 1 point d'habileté		
FLÈCHES D'ÉBÈNE	Main droite	20 pièces d'argent
Réservées aux archers, ajoutent 1 point aux dégâts infligés à l'adversaire		
ARC D'ÉBÈNE	Main gauche	20 pièces d'argent
Réservé aux archers, permet de gagner 1 point d'habileté		
CHAPEAU D'ÉBÈNE	Tête	20 pièces d'argent
Réservé aux magiciens, permet de gagner 1 point d'habileté		
TOGE D'ÉBÈNE	Corps	20 pièces d'argent
Réservée aux magiciens, permet de gagner 1 point d'habileté		

OBJETS	EMPL.	PRIX
BAGUETTE MAGIQUE D'ÉBÈNE	Main droite	20 pièces d'argent
Réservée aux magiciens, ajoute 1 point aux dégâts infligés à l'adversaire		
COURONNE D'ÉBÈNE	Tête	20 pièces d'argent
Réservée aux druides, permet de gagner 1 point d'habileté		
TUNIQUE D'ÉBÈNE	Corps	20 pièces d'argent
Réservée aux druides, permet de gagner 1 point d'habileté		
BÂTON D'ÉBÈNE	Main droite	20 pièces d'argent
Réservé aux druides, ajoute 1 point aux dégâts infligés à l'adversaire		

Vous ressortez ensuite de la boutique et remontez en selle au **3**.

3

Galopant en tête de file, vous traversez le majestueux pont de marbre reliant Shap au continent. Tout est calme alentour et vous en profitez pour examiner la carte.

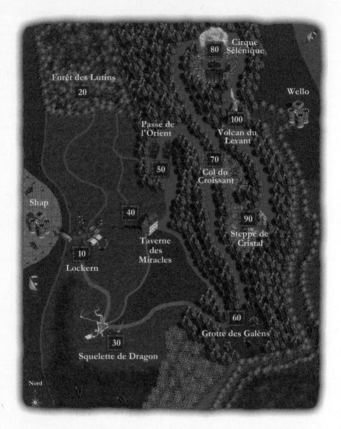

Vous commencez votre voyage à Shap. Votre destination est la ville de Wello. À chaque déplacement, jouez la règle des rencontres aléatoires.

Dès que vous atteignez un lieu marqué d'un numéro, allez directement au paragraphe correspondant pour continuer l'aventure. Nous vous rappelons également que cette carte est en format imprimable sur le site du jeu (www.avdj2.com).

Appliquez ces règles dès maintenant pour atteindre votre première étape : Lockern (#10). N'oubliez pas de jouer la règle des rencontres aléatoires et rappelez-vous que vous êtes accompagné de 10 éclaireurs d'élite de l'armée de Shap.

4

Oui, c'est moi qui l'ai trouvée ! déclare fièrement Jack. Alors, on peut l'avoir cette épée de feu tue-démon ?

— Ah désolé, je l'ai déjà vendue.

— Oh, nooon ! geint votre petit compagnon. Ce n'est pas juste…

— Mais j'ai d'autres choses tout aussi intéressantes, s'empresse-t-il d'ajouter, en écartant la toile de sa carriole.

Vous pouvez échanger le cimeterre maudit contre l'un des objets magiques de Pit. Vous avez tout à y gagner. Cette arme maléfique est trop malsaine pour être conservée. Allez au **180**.

5

— Non, répondez-vous, sobrement.

— Pourtant, ce n'est pas faute d'avoir cherché, ajoute Jack, déjà prêt à négocier. Nous avons gagné beaucoup d'argent. Alors, on peut l'avoir cette épée de feu tue-démon ?

— Ah désolé, je l'ai déjà vendue.

— Oh, nooon ! geint votre petit compagnon. C'est pas juste…

— Mais j'ai d'autres objets, s'empresse-t-il d'ajouter en écartant la toile de sa carriole.

Allez au **180**.

6

En fait de village, Lockern est plutôt un lieu de rendez-vous permanent pour les nomades. Ces voyageurs ont l'habitude de s'y établir. Malgré la malédiction, ils continuent de travailler ; une manière comme une autre d'oublier leurs malheurs.

Visitez le lieu de votre choix :

La tente des couturières, allez au **11**. La roulotte de la voyante, allez au **31**. La charrette des cueilleurs, allez au **41**. Le temple de Galland, allez au **51**.

Pour quitter Lockern, allez retrouver vos hommes et choisissez votre route sur la carte.

Vous pouvez aller vers la Forêt des Lutins (#20) ou vers le Squelette de Dragon (#30). N'oubliez pas de jouer la règle des rencontres aléatoires.

7

Cette énigme n'est pas facile et vous demande une intense réflexion. Mais à force de volonté, vous aboutissez au bon résultat.

Le dragon crache alors une de ses dents. Elle manque de tomber sur Jack.

— Hey! Fais attention espèce de gros sac d'os!

Le dragon se penche vers la grenouille et la dévisage de ses grandes orbites vides. Jack se fait tout petit et court se réfugier derrière vous.

— Prends cette dent, jeune humain. Elle t'aidera dans ta quête.

Notez sur votre fiche de personnage que vous possédez une dent de dragon. Lancée sur un adversaire, elle inflige 15 points de dégâts, le temps d'un assaut. Une fois utilisée, elle partira en poussière.

— Évite la Grotte des Galèns, reprend le dragon-squelette. Elle a été maudite par Marfaz.

Vous saluez respectueusement la créature et redescendez la colline.

Choisissez votre route sur la carte. Vous pouvez aller vers la Taverne des Miracles (#40) ou vers la Grotte des Galèns (#60). N'oubliez pas de jouer la règle des rencontres aléatoires.

8

Cette énigme n'est pas facile et vous demande une intense réflexion. Mais malgré vos efforts, vous ne parvenez pas à trouver la réponse.

— Haar, harr, haar ! Pauvres humains à l'esprit étroit ! ricane le dragon-squelette. Renoncez à tuer le démon Marfaz. Vous n'êtes pas de taille. Partez et ne m'importunez plus…

L'esprit habité par le doute, vous saluez la créature et redescendez la colline.

Choisissez votre route sur la carte. Vous pouvez aller vers la Taverne des Miracles (#40) ou vers la Grotte des Galèns (#60). N'oubliez pas de jouer la règle des rencontres aléatoires.

9

Vous n'avez même pas le temps de souffler. La rixe a alerté le dragonnet. Il fonce sur vous en rugissant.

— Deux hommes avec moi! Les autres, attaquez les squelettes! ordonnez-vous immédiatement.

Les éclaireurs chargent d'instinct, poussant des cris rageurs.

Le dragonnet vous fait maintenant face. Combattez-le (attention, vous n'avez que deux éclaireurs en renfort)!

Si vous le terrassez, vous pouvez récupérer une griffe de dragon. Elle augmentera de 8 points les dégâts infligés à un adversaire, lors d'un assaut.

Vous rejoignez vos hommes. Ils ont réussi à terrasser les squelettes maudits, mais ont perdu 2 compagnons dans l'effroyable mêlée (supprimez 2 éclaireurs de votre fiche de personnage).

Aucunement effrayées, les araignées géantes s'avancent imperturbablement. Allez au **65** pour les affronter.

DRAGONNET MAUDIT
Habileté : 22   Points de vie : 44

10

Assis à califourchon sur l'encolure de votre jument, Jack se retourne soudainement. Son regard est interrogatif.

— Je me pose une question, maître.

— Quoi donc?

— En tant que chevalier, je suis évidemment le chef légitime de cette petite armée. Mais toi, tu es mon maître. Alors, pour ces soldats, tu es qui?

— Le chef de leur chef, ça te va?

— Ah oui. Comme ça, je reste chef et je peux les commander.

— Oui, bien sûr. Mais avant, tu dois toujours me demander la permission…

— Pfff… Bon, d'accord.

Vous arrivez enfin en vue de Lockern. Ce village est fait de tentes multicolores et de chariots en tous genres.

— Ça ressemble aux abords d'un champ clos lors d'un tournoi de joute, déclare Jack. Ça me rappelle Hazila. Je ne t'ai jamais raconté comment j'ai…

— Plus tard, Jack. Plus tard…

Vous êtes ébahi par l'apparence des habitants. La peau des femmes est faite de tissus multicolores ! Quant à celle des hommes, ce n'est pas mieux : elle est en bois !

— Incroyable ! s'exclame Jack. Un village de poupées !

Vous mettez pied à terre et ordonnez à vos hommes d'attendre pendant que vous visitez cet étrange lieu.

— Oui, c'est ça. Restez bien sagement là, complète Jack en parlant aux éclaireurs comme à des écoliers. Et attention, pas de bêtises !...

Vous abordez une femme voûtée dont la peau est en toile de jute et lui demandez la raison de son état.

— Un horrible démon est passé par ici. Il a maudit et transformé tous les habitants. C'est affreux...

Elle se met à sangloter et ses larmes ruissellent lentement sur ses joues tissées.

— Où est ce démon, maintenant ?

— Il... Il est parti dans les Monts de la Lune. Depuis, beaucoup de créatures maléfiques s'y rendent aussi.

Vous remerciez la pauvre femme. Ces gens n'ont pas l'air dangereux et il serait peut-être intéressant de s'attarder un peu. Visitez le lieu de votre choix :

La tente des couturières, allez au **11**. La roulotte de la voyante, allez au **31**. La charrette des cueilleurs, allez au **41**. Le temple de Galland, allez au **51**.

Pour quitter Lockern, allez retrouver vos hommes et choisissez votre route sur la carte.

Vous pouvez aller vers la Forêt des Lutins (#20) ou vers le Squelette de Dragon (#30). N'oubliez pas de jouer la règle des rencontres aléatoires.

11

En approchant de la tente, vous entendez une voix féminine. Vous entrez et découvrez un méli-mélo de tissus en tous genres.

Trois femmes dont les peaux sont faites de tissus multicolores sont occupées à coudre.

— Tiens, un visiteur ! s'étonne la mauve.

Elle se tourne aussitôt vers une jeune fille bleue.

— Safran, dépêche-toi je te prie, ordonne-t-elle. Tu ne voudrais pas le faire attendre, tout de même ?

— Quelle bavarde, celle-là ! s'exclame Jack.

— Jack, s'il te plaît, sermonnez-vous…

— Elle a mal aux oreilles, la rainette, ou quoi ? s'irrite la mauve. Je m'appelle Astrakan. Si tu veux que j'arrête de jaser, raconte-moi comment une grenouille arrive à parler. Ça me fera oublier cette malédiction…

— Arrêtez ! interrompt votre compagnon. Je vais vous raconter…

Pendant que Jack et Astrakan sont en plein dialogue, vous vous intéressez aux objets proposés par Safran, la bleue.

OBJETS	EMPL.	PRIX
BONNET DE LAINE	Tête	5 pièces d'argent
Protège du froid		
GANTS DE LAINE	Main droite et main gauche	5 pièces d'argent
Protègent du froid		
MANTEAU DE FOURRURE EN RENARD ARGENTÉ	Corps	10 pièces d'argent
Protège du froid		
BOTTES EN PEAU DE HÉRISSON	Pieds	10 pièces d'argent
Évitent de déraper sur sol glissant		
COUSSIN DE SATIN DORÉ	Sac à dos	10 pièces d'argent
Objet très raffiné cousu au fil d'or		
COLLIER DE CRIN TRESSÉ	Cou	20 pièces d'argent
Ajoute un bonus de +1 point à votre habileté		

Une fois vos achats effectués, vous coupez la parole à Jack, toujours embarqué dans son interminable explication. Bien sûr, ça ne lui plaît pas.

— Quoi ?! s'énerve-t-il. Pour une fois que quelqu'un m'écoute !…

— Ne t'inquiète pas, petite grenouille, reprend Astrakan. Tes explications me font penser à pas mal d'anecdotes. Je vais…

Sortez vite d'ici au **6** !

12

En un instant, une puissante et mystérieuse magie vous transforme tous en grenouilles ! Sortant de vos vêtements mille fois trop grands, vous écarquillez d'étonnement vos grands yeux globuleux. En voyant son maître dans cet état, Jack rit aux éclats.

— Ha, ha, ha ! Salut, camarade ! déclare-t-il.

— Coa ! Jack, s'il te plaît, n'en rajoute pas ! Coa ! colérez-vous.

— Désolé, mais c'est trop drôle, maître ! Pardon… petit maître ! Ha, ha, ha !

Soudain, des ricanements nasillards retentissent dans les feuillages.

— Hé, hé, hé ! Vous n'êtes pas bien grands, vous voulez être des hommes ? Traversez donc l'étang, l'eau y est très bonne !

— Montrez-vous, poltrons ! crie Jack.

— Coa ! Je ne sais pas qui ils sont, ni ce qu'ils veulent, mais on va devoir faire ce qu'ils disent. Coa !

— Je vois l'étang, petit maître. Je peux être chef, ce coup-ci ?

— Coa ! D'accord, Jack. Coa !

— Youpi ! Suivez-moi, les têtards !

Et c'est aussitôt un groupe de 12 grenouilles — dont le leader orange brandit fièrement une petite épée — qui fonce vers l'étang.

Pour Jack, la traversée n'est qu'une formalité. Il bondit avec aisance sur les nénuphars et se retrouve bien vite de l'autre côté.

— Faites comme moi, les têtards ! Et ne gobez pas trop de mouches en chemin ! Ha, ha, ha !

Lancez un dé. Le résultat correspond au nombre de vos bains forcés. À chaque plongeon, vous buvez la tasse, perdez 1 point de vie et devez supporter une tirade taquine de Jack.

— Plouf ! Quel barouf ! Allez remonte, gros patapouf !

Enfin de l'autre côté, vous êtes rassuré de constater que l'exercice est tout aussi laborieux pour vos hommes-grenouilles. À chaque plongeon, Jack répète inlassablement sa piètre bouffonnerie.

Une fois de l'autre côté, vous retrouvez instantanément vos formes normales. Mais vous êtes nus comme des vers ! Jack se tord de rire.

— Ha, ha, ha ! Heureux de te revoir sous ton vrai jour, maître !

Vous courez aussitôt chercher chevaux et vêtements. Prestement rhabillés, vous souhaitez juste tirer un trait sur cet épisode peu glorieux et remontez en selle, l'air penaud. Mais le cauchemar n'est pas terminé. Les ricanements reprennent de plus belle. Au milieu des taillis, de petits êtres ventripotents vous narguent en ricanant.

— Hé, hé, hé ! Pas malins, les humains !

— Des lutins, maître ! s'exclame Jack. Attrapons-les !

Dès qu'ils comprennent vos intentions, les lutins s'enfuient à toutes jambes. Poursuivez-les au **52**.

13

Jack se gratte la tête et compte sur ses doigts. Son petit cerveau bouillonne face à des mathématiques qui le dépassent.

— Le dragon rouge a 13 têtes! répondez-vous.

— Félicitations, jeune humain. Ton esprit est vif. Tu es digne de recevoir mon aide. Si tu tues Marfaz, mon âme pourra retourner au pays des dragons.

Allez au **71**.

14

Derrière le comptoir, c'est l'effervescence. Tout le monde s'affaire à réparer le mur qui a été dangereusement fissuré par la crevasse. Vous abordez le patron : un homme trapu plutôt court sur pattes, ou plutôt sur bras. Enfin bon, vous accroupissant pour le regarder en face, vous lui demandez ce qui se passe.

— Un horrible démon est passé par ici il y a quelques jours. Il a créé une immense crevasse et nous a tous maudits. Depuis, le bâtiment risque de s'effondrer et nous sommes dans un bien triste état.

— Maître, je ne comprends rien à ce qu'il dit.

— Je crois qu'il parle à l'envers, Jack.

Trouvez l'astuce qui vous permettra de suivre la discussion.

Lorsque vous annoncez au pauvre bougre votre intention d'occire le démon Marfaz, un large sourire édenté apparaît sur son visage.

— J'espère que vous réussirez. Avec un peu de chance — ça changera — nous pourrons retrouver une apparence normale.

— Gardez espoir, brave homme. Nous vaincrons cet être maléfique et remettrons les choses à l'endroit ! déclare Jack.

— Merci et que Solaris, Lunaris, Dame Nature, Reinia, Fenryr, Rogor et Galland vous viennent en aide !

— Vous croyez vraiment en tous ces dieux ? demande Jack, étonné.

— Si tu étais dans mon état, petite grenouille crois-moi, tu y croirais...

> Sur ces bons mots, retournez ensuite au
> **40** pour faire un autre choix.

15

— Je me charge du dragonnet, déclarez-
vous. Soldats, foncez sur les épouvantails.
Avec un peu de chance, les autres créatures
prendront peur et fuiront.

— Bonne idée, maître. Mais moi, je
m'occupe de qui? demande Jack, impatient
d'en découdre.

— Et si tu t'occupais de te taire, un
peu?

Vous prenez position et décochez une
flèche.

> Faites un jet de perception (ND 8). Si
> vous utilisez votre talent « tir précis »,
> enlevez 2 points au résultat du dé.
> Réussi, allez au **121**. Manqué, allez au
> **131**.

16

À la lueur des torches brandies par vos éclaireurs, vous vous enfoncez dans la sombre caverne. Rapidement, la pente se raidit.

— Allez, les gars ! Accélérez un peu ! lance Jack, confortablement installé sur votre tête.

— Tais-toi, Jack, grondez-vous.

La pente est très glissante et les rochers particulièrement saillants.

— Faites attention, prévenez-vous, corrigeant ainsi la déclaration de Jack.

À bout de souffle, vous remarquez soudain une cavité creusée dans la roche. Des inscriptions sont gravées juste à côté.

↑ Cité de Saturnia
← Réserve d'or
↓ Forêt des Nymphes

— Ah non alors! bougonne Jack.

— Qu'est-ce qui t'arrive?

— Ils vont encore nous faire le coup de la stèle maudite. Y'en a marre!

— Ce ne sont que des indications, Jack. Elles ne sont pas forcément maudites.

— C'est vrai? On peut vraiment leur faire confiance?

— J'espère que oui.

— Alors, on part à gauche!

— De ta part, le contraire m'aurait étonné…

Écoutez Jack et pénétrez dans la réserve d'or au **26**, ou poursuivez votre ascension vers la cité de Saturnia au **36**.

17

Vous veillez avec zèle sur la sécurité du campement. La lune n'est pas encore levée. Dans cette noirceur impénétrable, vous aiguisez votre vigilance. Les ronflements de Jack vous gênent quelque peu, mais vous décidez de ne pas le réveiller pour éviter un tapage nocturne.

De temps à autre, des cris d'animaux vous font dresser l'oreille. Mais il n'y a pas de quoi s'inquiéter. En fait, la seule chose qui vous angoisse, c'est cette lueur violacée persistante à l'est. Elle semble croître en intensité. Étrange…

Le tour de garde achevé, vous réveillez un éclaireur et allez vous installer au pied d'un roc, à l'abri du vent et loin du petit ronfleur.

Allez au **47**.

18

— Allez, en avant! déclarez-vous.

Vous traversez le flot de bulles. Leur contact est étrange. Ni doux, ni dur, ni chaud, ni froid, il est tout simplement déroutant. De l'autre côté se trouve une issue.

Jack se met à rire aux éclats.

— Houaaa! Ha, ha, ha! Regarde, maître! T'as une bulle autour de la tête! Et les éclaireurs aussi! Ha, ha, ha! Que vous êtes drôles!

— Ne rigole pas trop, Jack. Au cas où tu ne l'aurais pas remarqué, tu es emprisonné dans une bulle…

— Hein?!…

La grenouille s'agite dans tous les sens et donne des coups de pattes pour essayer de faire éclater la sphère élastique.

— Sortez-moi de là! peste-t-elle.

Ces bulles sont tout de même très gênantes. Pour les faire éclater, allez au **28**. Sinon, allez au **75**.

19

Vous êtes passés, mais les golems sont maintenant à vos trousses. Au milieu de cet étrange paysage cristallin, les pieds plongés dans le mystérieux plasma violacé, vous débutez une folle course-poursuite.

Observez bien la carte de la Steppe de Cristal. Vous partez en bas, de la case notée « D ». Il faut courir jusqu'en

LA STEPPE DE CRISTAL

haut et aboutir dans une des trois zones numérotées.

Choisissez une direction (verticale, horizontale ou diagonale), puis lancez le dé et avancez du nombre de cases correspondant. Chaque lancer coûte 1 point (veuillez les compiler).

Si vous dépassez un des bords latéraux, restez sur la case touchant ce bord. Si vous tombez sur une case occupée par un cristal, vous perdez du temps en l'enjambant et devez ajouter 2 points.

Une fois de l'autre côté, notez bien votre total de points. Si vous êtes guerrier ou archer, enlevez 2 à ce total, car vous avez été plus habile dans cette forêt de cristaux.

Si vous totalisez 8 points ou plus, vous avez passé bien trop de temps dans cet immonde plasma et obtenez le statut maudit.

Allez ensuite au paragraphe où vous avez atterri :

À gauche, allez au **29**. Au milieu, allez au **39**. À droite, allez au **49**.

20

Vous pénétrez dans une sombre forêt. Tout à coup, d'étranges bruits retentissent.

— Ça ricane, ici, grommelle Jack. Si jamais c'est de moi, je…

— Tais-toi, s'il te plaît.

Soudain, les chevaux s'affolent. Vous êtes bombardés de branches et de glands (vous perdez 1 point de vie). La situation n'est pas plaisante. Quant à Jack, il pique une colère noire !

— Montrez-vous, espèces de trouillards ! Vous allez regretter de vous en prendre au terrible chevalier Jack !

Mais ses menaces restent sans effet. Les projectiles continuent de pleuvoir et le groupe commence à se désorganiser. Lancez un dé.

Pour 1 ou 2, allez au **12**. Pour 3 ou 4, allez au **22**. Pour 5 ou 6, allez au **32**.

21

Combattez les galèns. Leurs points de vie correspondent au nombre d'individus ayant traversé le pont (n'oubliez pas les bonus des éclaireurs qui vous prêtent main forte).

Si vous êtes vainqueur, vous prenez la fuite sous les huées des galèns.

— Gné, gné, gné !… Scrounch !…

Vous voici de retour dans la galerie pentue. N'ayant pas d'autre alternative, vous grimpez au **66**.

22

Surgissant des taillis, une dizaine de troncs d'arbres vous assaillent ! Ils sautillent maladroitement et poussent des cris lugubres bien peu rassurants.

Pour les combattre, allez au **42**. Pour prendre la fuite, allez au **32**.

23

— À l'attaque, mes braves ! criez-vous. Vengeons notre camarade !

À peine votre ordre prononcé, le gigantesque squelette s'anime.

— Quand je te disais qu'il était vivant ! insiste Jack.

Affrontez ce redoutable mort-vivant. N'oubliez pas que vous combattez aux côtés de neuf éclaireurs. Même à l'état de restes, cette créature est très dangereuse et vous devez doubler les dégâts qu'elle vous inflige.

Si vous êtes vainqueur, le monstre s'écroule comme un château de cartes.

— Il l'a dans l'os ! commente Jack, en se frottant les pattes. Bon débarras…

Mais votre petit compagnon déchante vite. Peu après, les os s'animent d'eux-mêmes et l'impressionnante carcasse se reforme !

— Comment espérez-vous me tuer, pauvres humains, grogne le squelette en vous toisant. Je suis déjà mort ! Haar, haar, haar !…

Un choix moins agressif s'impose. Qu'allez-vous faire ?

DRAGON-SQUELETTE
Habileté : 28   Points de vie : 66

Pour parler avec le dragon-squelette (allez au **33**). Pour fuir sans demander votre reste (allez au **133**).

24

À cette table, des individus inversés sont rassemblés autour d'un vase de terre cuite rempli de morceaux d'écorces d'arbres. Ils jouent à «la main dans le vase». Ce divertissement consiste à sortir du récipient la bonne écorce.

Pour participer, misez 1 pièce d'argent et plongez la main dans le vase. Il faut tâter les morceaux de bois et reconnaître celui qu'on vous a demandé. Pour cela, faites un jet d'esprit (ND 7). Réussi, vous extirpez la bonne essence et gagnez 2 pièces d'argent. Manqué, vous perdez tout simplement votre mise. Vous pouvez jouer jusqu'à 10 fois.

Retournez ensuite au **40** pour faire un autre choix.

25

Se transformer en oiseau de proie serait certainement très efficace.

Si votre talent « totem aigle » est disponible et que vous souhaitez l'utiliser, allez au **141**. Sinon, allez au **45**.

26

— Super ! À nous la réserve d'or ! s'exclame Jack en sautillant.

Surexcité, il prend la tête du groupe. Avançant à quatre pattes, vous le perdez rapidement de vue. Tout à coup, la voix enjouée de la grenouille retentit.

— Youpi ! Je suis riiiche !!!…

Intrigué, vous vous demandez ce qu'il a bien pu trouver. Vous ne tardez pas à le découvrir lorsque vous sortez enfin du sordide boyau. Il débouche sur une caverne remplie d'un immense trésor ! Pièces, bijoux, vaisselle, objets, sculptures ; tout est en or !

Paré de colliers et les pattes débordant de pièces, Jack bondit de joie.

— Tu as vu, maître ? Il y en a bien trop pour moi tout seul. Sers-toi, je t'en prie. Et vous, les gars, ramassez-en aussi !

— Jack, ce trésor est certainement à quelqu'un, tu ne crois pas ? Il faudrait peut-être faire attention…

— Erreur ! Il était à quelqu'un ; au dragon Wrass, pour être plus précis !

— Qu'est-ce qui te fait dire ça ?

— Mon encyclopédie, bien sûr ! Mais il est mort depuis longtemps et maintenant, cet or est à moi ! C'est moi qui l'ai trouvé !

Vous balayez les lieux du regard, inquiet de voir débouler un énorme dragon. La caverne est ouverte sur l'extérieur et donne sur une corniche. Au plafond, une galerie verticale ressemblant à une cheminée a été creusée.

— Allez, maître ! Ouvre grand ton sac ! On va se contenter des pièces, le reste est trop encombrant. On prend tout ce qu'on peut et on reviendra plus tard avec des sacs encore plus gros !

— Jack, calme-toi, s'il te plaît. Cet endroit est bizarre…

Mais votre petit compagnon est déjà juché sur votre sac qu'il ouvre fébrilement.

Pour le laisser faire, allez au **144**. Pour l'empêcher de piller ce mystérieux trésor, allez au **154**.

27

Un éclaireur vous réveille. Vous vous demandez ce que vous faites là, au pied d'un rocher. Vous avez du mal à émerger, sous le coup d'un sommeil trop bref. Mais vous reprenez finalement vos esprits et assurez la relève.

De temps à autre, des cris d'animaux vous font dresser l'oreille. Mais il n'y a pas de quoi s'inquiéter. En fait, la seule chose qui vous angoisse, c'est cette lueur violacée persistante à l'est. Elle semble croître en intensité. Étrange…

Peu après, la lune sort enfin du couvert des montagnes et s'élève lentement dans les cieux obscurs. Elle est pleine et sa lumière bienfaitrice vous redonne le sourire. Au moins, vous pouvez maintenant voir les alentours.

Si vous êtes archer, allez au **57**. Sinon, allez au **67**.

28

Las de vous sentir comme un poisson dans un bocal, vous frappez violemment contre la bulle et ordonnez à vos hommes de faire de même. Après plusieurs essais, elles finissent par éclater. Immédiatement, vous vous mettez à suffoquer. L'air est irrespirable ! Votre êtes à la limite de l'évanouissement (vous perdez 5 points de vie).

— La… La cascade… Retournons sous la cascade… balbutiez-vous.

Vous vous trainez vers la chute de bulles. Faites un jet de dextérité (ND 5). Si vous réussissez, vous parvenez à remettre rapidement la tête sous les bulles et êtes aussitôt coiffé d'une nouvelle sphère qui vous permet de respirer à pleines bouffées. Sinon, vous y parvenez dans un état critique et perdez 5 points de vie supplémentaires.

Si vous survivez à cette bévue, poursuivez votre route au **38**.

29

Des golems de terre ont réussi à vous rattraper!

Leur nombre dépend de la rapidité dont vous avez fait preuve. Avant de les combattre, ajoutez à leurs points de vie le total des points accumulés durant la traversée de la Steppe de Cristal. N'oubliez pas les bonus de vos éclaireurs.

Si vous en venez à bout, allez au **79**.

30

Alors que vous cheminez dans la plaine herbeuse, une petite colline surmontée d'une tache blanche attire votre attention.

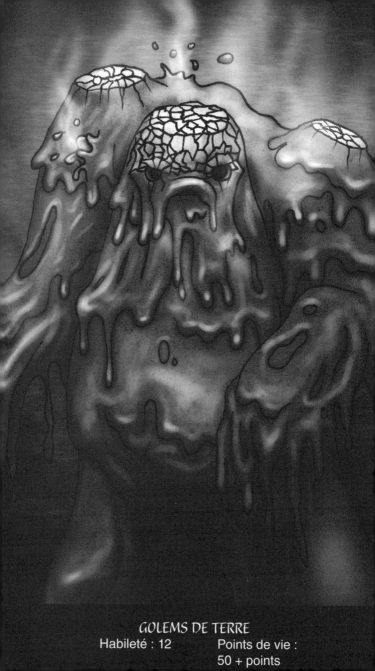

GOLEMS DE TERRE
Habileté : 12   Points de vie :
                       50 + points

— Regarde, maître, des neiges éternelles! s'étonne Jack. Nous sommes arrivés sur les Monts de la Lune.

— C'est vrai que ce sommet est blanc, Jack. Mais je doute fort qu'il s'agisse de neige.

— Et pourquoi ne serait-ce pas de la neige, monsieur je sais tout?

— Parce que cette colline ne culmine pas à plus de 10 mètres.

Intrigué, vous demandez à un éclaireur d'aller voir de plus près. À peine arrive-t-il au sommet que sa silhouette disparaît dans un cri de terreur.

— En avant, soldats! ordonnez-vous. Allons lui porter secours!

Vous vous ruez au sommet de la colline.

— On dirait un…

— Un squelette de dragon, maître, coupe jack. Tu peux me croire. Je m'y connais en dragons. Et ça, c'était bien un dragon.

— Il était énorme! ajoutez-vous.

— Oh, pas autant que celui que j'ai affronté dans le pays de Telka. J'ai…

— Jack, ce n'est pas le moment!

Soudain, une expression de terreur fige votre visage. L'éclaireur et son cheval sont étendus, raides morts, dans la gueule béante du squelette! Leurs corps disloqués ont été broyés avec une force colossale! Mais pourtant, ces mâchoires aux dents acérées sont bel et bien immobiles. Comment ce drame a-t-il bien pu arriver?

— Euh… hésite Jack. Tu crois qu'il est vivant, cet amas de côtelettes?

— Bien sûr que non, Jack. Mais par contre, maudit, c'est bien possible…

Notez que vous venez de perdre un éclaireur et faites les modifications nécessaires sur votre fiche de personnage. Qu'allez-vous faire, maintenant?

Attaquer le squelette de dragon (allez au **23**)? Lui parler, aussi aberrant que cela puisse paraître (allez au **33**)? Partir au plus vite de cet inquiétant endroit (allez au **133**)?

31

Cette adorable roulotte jaune et verte arbore, sur son toit bombé, une petite cheminée fumante. À l'arrière se trouve un ravissant balcon fleuri. Une hirondelle pépie et s'envole lorsque vous franchissez la porte.

Si c'est votre première visite, allez immédiatement au **61**.

Sinon, vous ne trouvez personne. Mais Jack se remet à fouiner partout.

— Je suis certain qu'elle n'est pas loin, cette pièce, déclare-t-il obstinément…

Ressortez au **6**.

32

Peu à peu, le calme revient. Les ricanements se font plus lointains et finissent par se taire. Vous poursuivez votre chemin, au cœur de la forêt. Observant les moindres fourrés, vous chevauchez au pas durant un long moment.

— Mon sens infaillible de l'orientation ne me trompe jamais, déclare Jack. On devrait être sortis de cette forêt depuis longtemps.

— Tu as raison. J'ai bien peur que nous soyons encore victimes d'une mauvaise farce…

— Par Fenryr, nous sommes ensorcelés ! clame un éclaireur.

Faites un test de perception (ND 8). Réussi, allez au **62**. Manqué, allez au **72**.

33

Avez-vous déjà entendu le nom « Wrass » ?

Si tel est le cas, allez au **43**. Sinon, allez au **53**.

34

À cette table, on vous propose de relever un défi. Il consiste à deviner l'âge d'un arbre dont un rondin du tronc est caché sous un foulard.

Pour participer, misez 1 pièce d'argent et passez la main sous le morceau d'étoffe. Le secret consiste à compter au toucher les cercles concentriques composant le tronc. Faites un jet de perception (ND 7). Réussi, vous déterminez l'âge de l'arbre avec une précision redoutable et gagnez 2 pièces d'argent. Manqué, vous perdez tout simplement votre mise. Vous pouvez jouer jusqu'à 10 fois. C'est en effet le nombre de rondins que l'organisateur a dans sa hotte.

Retournez ensuite au **40** pour faire un autre choix.

35

Les parois des montagnes sont lézardées de fissures. Un sortilège de foudre permettrait de déverser sur les créatures un déluge de roche. Vous n'auriez alors plus qu'à vous occuper du dragonnet pendant que vos hommes extermineraient les survivants.

Si votre talent « foudre » est disponible et que vous souhaitez l'utiliser, allez au **142**. Sinon, allez au **45**.

36

Après avoir gravi un raidillon digne des toitures les plus élancées de Gardolon, vous parvenez enfin à un palier. À ce niveau, une nouvelle galerie est creusée dans la roche.

— Ça aurait quand même été plus facile de prendre à gauche, rouspète Jack, contrarié de ne pas avoir pris le chemin de la réserve d'or.

— Désolé, Jack. Mais il faut parfois faire des choix.

La grenouille est de mauvaise humeur. Elle se renfrogne sur elle-même et grommelle à demi-mots.

— Et voilà, je te l'avais dit. Ils nous refont le coup! peste Jack en désignant de nouvelles inscriptions.

— Du calme, Jack. Jusqu'à présent, rien ne nous dit que ces indications sont erronées.

— Eh bien alors, faisons demi-tour, suggère Jack, le regard rivé sur le mot « or ».

— Vers la réserve d'or ?! Je suppose que c'est juste parce qu'il est plus facile de descendre que de monter.

— Euh... Exactement !

Pour vous rendre dans la réserve d'or, redescendez au **26**. Pour vous diriger vers la cité de Saturnia, allez au **46**. Pour continuer l'ascension vers le Col du Croissant, allez au **66**.

37

Un éclaireur vous réveille. Durant un bref instant, vous vous demandez ce que vous faites là, au pied d'un rocher et au beau milieu des montagnes. Mais vous reprenez rapidement vos esprits et assurez la relève.

De temps à autre, des cris d'animaux vous font dresser l'oreille. Mais il n'y a pas de quoi s'inquiéter. En fait, la seule chose qui vous angoisse, c'est cette lueur violacée persistante à l'est. Elle semble croître en intensité. Étrange…

La lune est pleine et sa lumière bienfaitrice vous redonne le sourire. Au moins, vous pouvez voir les alentours.

Si vous êtes archer, allez au **57**. Sinon, allez au **67**.

38

Vous sortez du tunnel et découvrez un bien étrange paysage. Une immense ceinture de montagnes entoure une plaine au relief torturé. Tout est gris, désespérément gris. Un superbe ciel étoilé vous surplombe, mais vous y voyez pourtant comme en plein jour. Vous vous sentez étonnamment léger. Un petit saut vous fait atterrir à plus de 10 mètres dans un nuage de poussière !

— Regarde la lune, Jack ! dites-vous stupéfait.

— Quoi, la lune ? C'est bizarre, elle est bleue. Tu as raison, maître. Je me demande si…

Jack se met alors à feuilleter son encyclopédie miniature.

— Si, quoi ? demandez-vous, appréhendant ce qu'il va encore sortir comme explication.

La grenouille n'entend rien. Elle est plongée dans sa lecture.

— Mais oui ! s'exclame-t-elle enfin. Nous sommes sur la lune, voilà tout. Ce que nous voyons, c'est la terre !

— Jack, on n'a pas le temps de plaisanter. Tout le monde sait que la terre est plate, voyons.

— C'est pourtant ce qui est écrit dans mon encyclopédie…

— Tais-toi! colérez-vous. J'en ai assez entendu. En avant!

Vous progressez par bonds énergiques, avec pour seul horizon les montagnes aux formes saillantes. Tout à coup des fleurs géantes jaillissent du sol poussiéreux. En un instant, vous êtes encerclés par une étrange forêt de plantes.

— Des plantes carnivores, maître! Elles vont nous manger tout crus!

— Du calme, Jack. Elles ne sont pas agressives pour l'instant.

En effet, les plantes vous observent longuement. Puis, la plus grande se met à parler d'une voix caverneuse et atone.

— Que faites-vous ici, humains?

— Nous sommes en mission pour détruire Marfaz, répondez-vous sobrement.

— Ce démon nous a maudits, déclare la plante. Le peuple des sélénites était fier et heureux. Il l'a transformé en parterre de plantes disgracieuses. Nous sommes immobilisés et ne pouvons rejoindre notre guide.

— Qui est votre guide? demandez-vous.

— Nielle Ombo, l'élue de Lunaris.

« Que faites-vous ici, humains ? »

— La magicienne toujours dans la lune ?! s'étonne Jack. Ça fait belle lurette qu'elle doit être morte. Mon encyclopédie ne se trompe jamais !

— Son corps repose de l'autre côté de la plaine, reprend la plante. Mais nous avons besoin de sa présence pour canaliser nos comportements. Sinon, nous allons finir par nous dévorer mutuellement. C'est plus fort que nous. C'est notre nature…

Sur ces mots, la plante happe une de ses voisines et l'avale goulument.

Gloups…

— Ouf… Des plantes herbivores. Je préfère ça, déclare Jack, rassuré.

— Nous ne pouvons pas vous amener à elle, précisez-vous. Mais nous pouvons vous ramener sa dépouille.

— Son crâne serait une relique suffisante, avoue la plante. Merci pour votre aide.

Des plantes rentrent dans le sol, ouvrant un passage. Vous vous engagez dans la plaine lunaire en bondissant allègrement.

— Ne bougez surtout pas ! conseille Jack. Attendez-nous là et soyez sages, nous revenons tout de suite !

— Jack !

— Quoi ?!

— Je te rappelle que ce sont des plantes. Elles ne risquent pas de partir.

— Et alors ?…

Allez au **118**.

39

Des golems de cristal ont réussi à vous rattraper !

Leur nombre dépend de la rapidité dont vous avez fait preuve. Avant de les combattre, ajoutez à leurs points de vie le total du double des points accumulés durant la traversée de la Steppe de Cristal. N'oubliez pas les bonus de vos éclaireurs.

Vainqueur, vous pouvez récupérer un cristal de roche particulièrement beau. Il pourra être revendu pour 10 pièces d'argent dans n'importe quelle boutique.

Allez au **79**.

GOLEMS DE CRISTAL
Habileté : 18   Points de vie :
70 + (2 × points)

40

Votre groupe chemine au petit trot et ne tarde pas à s'enfoncer dans l'ombre gigantesque des montagnes. Il faut maintenant lever haut la tête pour en apercevoir les sommets.

— Regarde, maître, une immense faille !

— Je la vois, Jack. Ne nous approchons pas. On ne sait jamais ce qui pourrait en sortir.

Une crevasse, noire comme la nuit, déchire la plaine d'est en ouest. Vous la longez à bonne distance, poursuivant votre route vers l'orient.

— Alors, toi tu surveilles la faille, et moi, les montagnes, propose Jack. D'accord, maître ?

— D'accord, répondez-vous étonné.

Et, pendant que vous tournez machinalement la tête vers le gouffre béant, votre petit compagnon s'installe confortablement et s'octroie un bon moment de détente, le regard tourné vers les sommets.

Évidemment ses paupières ne tardent pas à se fermer.

La faille prend fin au pied d'une bâtisse dont elle a fendu le mur en deux. À cet instant, Jack se réveille et écarquille les yeux en apercevant l'édifice endommagé.

— Eh ben, ils ont eu chaud, ceux-là, commente-t-il.

La porte d'entrée est surmontée d'une enseigne branlante. Dessus, le nom « Taverne des Monts » a été rayé et remplacé par « Taverne des Miracles ».

À côté d'une mangeoire et d'un bac d'eau, un petit écriteau précise :

> BAR À CHEVAUX ET ÂNES BÂTÉS
> AVOINE ET EAU FRAÎCHE À VOLONTÉ
> POMMES ET CAROTTES EN SUPPLÉMENT

— Génial, une taverne ! s'écrie Jack. Tu sais, maître, j'ai à la taverne d'Hazila un ticket qui me permet de consommer à volonté ?

— Maintenant, je le sais.

Vous laissez vos chevaux se restaurer et pénétrez dans l'établissement. Les éclaireurs restent dehors et font le guet.

Dedans, vous découvrez des hommes à l'aspect pour le moins surprenant. Leurs bras et leurs jambes ont été échangés ! Certains sont occupés à renforcer le mur ouest de la pièce. S'agitant maladroitement en l'air, leurs pieds manient de grandes planches et jouent du marteau.

— Ces gens sont bizarres, maître…

— C'est le moins qu'on puisse dire, Jack. Je suppose qu'ils ont, eux aussi, été maudits.

Les tables sont occupées par des individus tout aussi inversés. Assis sur leurs épaules, ils se servent de leurs pieds pour boire, fumer et jouer.

Vous pouvez visiter l'une des tables en choisissant un paragraphe sur le plan de la taverne : le 14, le 24, le 34, le 44, le 54, ou le 64. Notez que vous ne pourrez vous rendre qu'une seule fois à chaque endroit. Sinon, vous pouvez à tout moment quitter cet étrange établissement au **177**.

41

La charrette est totalement désertée. Soudain, des cris attirent votre attention. Jack contourne le véhicule en bondissant.

— Attends, Jack !

Vous le suivez et découvrez un jardin étonnamment prolifique. Il paraît désert, mais pourtant, des rires d'enfants proviennent des hautes plantes. Passablement énervé par ces moqueries, Jack se met à fouiner.

— Regarde, maître ! J'ai trouvé d'où ça vient ! Ce sont les fleurs qui rigolent !

Vous écarquillez les yeux en constatant que les marguerites ont des visages de filles et les tournesols, des traits de garçons. Vous vous adressez aux fleurs comme si de rien n'était.

— Bonjour, que faites-vous là, jolies fleurs ?

— Ben, la malédiction nous a changés en fleurs, répond une marguerite. Depuis, nous sommes plantés là. Et toi ?

— Je vais à Wello pour combattre le démon responsable de tous vos problèmes.

— C'est vrai ? Génial ! Alors, on va t'aider.

— Merci.

— Regarde dans la charrette. Il y a des potions que tu peux nous acheter.

OBJETS	EMPL.	PRIX
ANTIDOTE	Sac à dos	5 pièces d'argent
Annule le statut empoisonné		
EAU BÉNITE	Sac à dos	5 pièces d'argent
Annule le statut maudit		
JUS DE CITRON	Sac à dos	25 pièces d'argent
Ajoute 4 points d'habileté le temps d'un combat		
POUDRE D'ÉPINES DE ROSE	Sac à dos	25 pièces d'argent
Ajoute 1 point aux dégâts infligés le temps d'un combat		

Votre moisson de fioles faite, vous quittez les enfants-fleurs en leur promettant de tout faire pour leur rendre une forme normale.

Allez au **6**.

42

Engagez le combat et n'oubliez pas que 10 éclaireurs se battent à vos côtés.

Si vous êtes vainqueur, des dizaines de lutins surgissent des troncs d'arbres. Ils sont paniqués et s'enfuient en criant.

— Hé ! Attendez ! hurlez-vous.

Lancez-vous à leur poursuite au **52**, ou continuez votre route au **32**.

43

— Noble Wrass, débutez-vous. Je ne suis qu'un archer, mais je connais ta puissance et je te respecte. Pourtant, celui que j'ai en

TRONCS D'ARBRES SAUTILLANTS
Habileté : 10   Points de vie : 30

face de moi n'est pas à la hauteur de sa légende. Que t'est-il arrivé ?

— J'ai été maudit par Marfaz. Alors que mon corps reposait en paix sur cette colline, ce démon a rappelé mon âme ici-bas. Maintenant, mon esprit est prisonnier de mes ossements.

— Je pars lever une armée pour détruire le démon Marfaz, rétorquez-vous. Es-tu prêt à m'aider en me donnant de quoi confectionner l'arc du croissant ?

— Si tu tues Marfaz, mon âme pourra retourner au pays des dragons. Je vais donc t'aider. Jadis, l'arc du croissant a eu raison de moi. Il est juste qu'il serve maintenant à me sauver. Prends une de mes côtes et un des os pointus de ma queue.

— Et le boyau ? demande Jack, aucunement impressionné.

— Haar, haar... Ça fait longtemps que mes boyaux ont été dévorés par les loups et les charognards. Il te faudra en trouver un ailleurs.

— C'est que les dragons sont rares, noble Wrass, rétorquez-vous, quelque peu frustré.

— Un bataillon de Marfaz est passé par ici, il y a peu. Il est commandé par un dragonnet aussi vivant que malfaisant. Son corps est rempli de boyaux…

Notez que vous possédez une côte et un os pointu de dragon.

Vous saluez respectueusement Wrass et redescendez la colline. Choisissez votre route sur la carte.

> Vous pouvez aller vers la Taverne des Miracles (#40) ou vers la Grotte des Galèns (#60). N'oubliez pas de jouer la règle des rencontres aléatoires.

44

À cette table se trouve la femme du patron. Elle vante les mérites de son hydromel «fait maison». Étonnamment, au lieu de vous faire payer, elle vous propose 1 pièce d'argent pour chaque verre bu !

— Elle nous la fait à l'envers ou quoi, maître ?

— Peut-être, Jack. Mais je crois que l'endroit est adéquat…

— Alors vidons cette cruche !

L'hydromel est très fort et, même si la fortune vous pend au nez, il faudra être capable d'encaisser si vous voulez gagner de l'argent.

Si vous n'êtes pas intéressé, vous êtes obligé de payer 1 pièce d'argent avant de retourner au **40**. Si ce défi vous tente, allez au **74**.

45

Intérieurement, vous êtes convaincu que la meilleure stratégie à adopter est celle de la discrétion.

— Pied à terre, soldats ! ordonnez-vous à voix basse. Nous allons les attaquer par surprise…

Profitant de la pénombre, vous avancez discrètement jusqu'à l'arrière-garde ennemie : les épouvantails maudits.

Vous exterminez les maladroits pantins aussi silencieusement que possible. Faites un jet de dextérité (ND 6).

Réussi, la stratégie est payante et vous vous retrouvez dans le dos des squelettes maudits sans avoir été repérés (allez au **151**). Manqué, les épouvantails vous entendent et un violent combat s'engage (allez au **152**).

46

Vous pénétrez dans le tunnel et avancez prudemment. Il est étayé par d'étranges assemblages de plomb. Un peu plus loin, vous débouchez dans une immense caverne.

Vous êtes devant une étonnante cité. Elle est constituée de bâtisses aux formes improbables, savamment disséminées au milieu d'une fausse végétation sculptée de mains de maître. Le plus fou, c'est que tout est en plomb. Même la rivière, enjambée par un petit pont, est remplie de plomb en fusion !

Sur l'autre rive, des dizaines de petits êtres de boue aux grands yeux ronds vous observent en papotant. Ces créatures sont pourvues de quatre bras et leurs pieds à deux orteils sont démesurément longs. Un groupe traverse le pont et vous encercle.

Si Jack est avec vous, allez au **108**. Sinon, allez au **107**.

47

L'appel d'un éclaireur vous réveille en sursaut.

— Alerte ! Nous sommes attaqués ! Aargh…

Vous vous levez d'un bond. Le soldat venant de donner l'alerte s'écroule, mortellement touché (supprimez-le sur votre fiche de personnage). Des gobelins vous attaquent ! Il y en a toute une tribu ! Habituellement, ces créatures sont plutôt craintives. Leur comportement agressif n'est pas naturel. Combattez-les avec l'aide de vos hommes.

Si vous venez à bout de ces viles créatures, vous passez ce qui reste de la nuit

GOBELINS MAUDITS
Habileté : 12   Points de vie : 40

à veiller avec vos compagnons. Profondément endormi, Jack ne s'est aperçu de rien. À son réveil, il pose sur les hideux cadavres un regard incrédule.

Qu'est-ce qui s'est passé? demande-t-il en se frottant les yeux.

C'était juste une petite attaque nocturne, Jack. Si petite qu'elle ne t'a même pas dérangé dans ton sommeil, visiblement…

Euh… Si, bien sûr. Mais je vous savais assez débrouillards pour vous en sortir seuls!

Allez au **97**.

48

Vous n'en pouvez plus. Cette ascension est trop éprouvante. Il faut récupérer, mais il n'est pas question de faire une pause.

Si vous êtes capable, par un quelconque moyen, de ramener vos points de vie à leur maximum, faites-le immédiatement et allez au **168**. Sinon, allez au **169**.

GOLEMS DE PIERRE
Habileté : 14   Points de vie : 60 + points

49

Des golems de pierre ont réussi à vous rattraper !

Leur nombre dépend de la rapidité dont vous avez fait preuve. Avant de les combattre, ajoutez à leurs points de vie le total de points accumulés durant la traversée de la Steppe de Cristal. N'oubliez pas les bonus de vos éclaireurs.

Si vous en venez à bout, allez au **79**.

50

Vous voici enfin au pied des Monts de la Lune. Coincée entre les hautes montagnes, la Passe de l'Orient se pare d'une ombre paraissant éternelle. Deux immenses obélisques de marbre bordent un long et étroit défilé rocailleux. L'une est noire et l'autre, blanche. C'est votre route. Chemin faisant, Jack feuillette son encyclopédie.

— Écoute ça, maître. Les obélisques de la Passe de l'Orient ont été érigées, il y a très longtemps, pour honorer les dieux Solaris et Lunaris. Les hommes de l'époque espéraient ainsi stopper leur querelle éternelle.

— Merci pour la leçon, Jack.

La tension monte dans le convoi. Le son des sabots résonne à n'en plus finir entre les parois de roches, impassibles et austères.

Au détour d'un rocher, vous rattrapez des créatures malfaisantes cheminant bruyamment vers l'est.

— C'est l'armée de Marfaz, maître ! crie Jack.

— Silence ! chuchotez-vous. Tous à couvert.

Vous menez les chevaux sous un surplomb rocheux. Tapis dans la pénombre, vous observez en silence. Il y a là tout un panel de créatures comme sorties d'un horrible cauchemar. L'inquiétant convoi comprend des épouvantails animés, des squelettes enflammés et des araignées géantes. Ces monstres sont regroupés par races et cet ensemble bariolé fait penser à un tableau de mauvais goût.

— Tu en comptes combien, Jack ?

— Euh… Y'a quoi déjà, après 10 ?…

Pendant que Jack compte sur ses doigts, vous dénombrez une cinquantaine de créatures maudites. Tout à coup, une ombre furtive balaie les sommets illuminés.

— Regarde, maître, un dragon !

— Vu sa taille, j'appellerais plutôt ça un dragonnet, répondez-vous. D'ailleurs, cette erreur m'étonne de ta part, Jack. Je te croyais « spécialiste » en dragons...

— Pfff... Bien sûr que c'est un dragonnet. C'était pour te tester, évidemment. Bravo ! tu as passé le test.

Le reptile ailé est d'un bleu intense. Il se pose et rugit longuement. Le son est si fort et strident qu'il paraît un instant ébranler les montagnes.

— C'est leur chef ! conclut brillamment Jack.

— Oui, et il n'a pas l'air commode.

— Comment va-t-on passer, maître ?

— Il faut jouer serré. Laissons les chevaux ici, nous serons plus discrets. Pied à terre, soldats !

Les chevaux dissimulés derrière un gros rocher, vous vous tournez vers les éclaireurs, le regard déterminé.

— Tenez-vous prêts ! prévenez-vous.

Si vous êtes archer, allez au **15**. Si vous êtes druide, allez au **25**. Si vous êtes magicien, allez au **35**. Si vous êtes guerrier, allez au **45**.

51

Le temple ressemble à ce que l'on appelle généralement du provisoire qui dure. Sous une toile tendue se trouve un autel de hêtre, sommairement ouvragé. Des dizaines d'hirondelles y sont posées. À votre approche, elles se mettent à gazouiller nerveusement.

— Bonjour, mesdemoiselles, déclare Jack en vous passant devant. Je me présente : Jack, le chevalier.

— Tu parles aux oiseaux, maintenant ?! demandez-vous, amusé.

— Mais qu'est-ce que tu racontes encore, maître ? Ce ne sont pas des oiseaux. Ce sont des prêtresses de Galland, le Dieu des marchands.

— Hein ?!… Et que disent-elles ?

— D'après toi, gros malin ? Elles ont été maudites par Marfaz, évidemment. Et en plus, on leur a volé leur médaillon sacré. Tu te rends compte ?

Si vous possédez un médaillon magique, allez au **119**. Sinon, il est inutile de s'attarder dans ce temple recouvert de fientes malodorantes (allez au **6**).

52

Vous lancez le galop et gagnez rapidement du terrain. Mais à cette vitesse, il est difficile d'éviter les branches.

Faites un jet de dextérité (ND 5). Réussi, vous vous jouez habilement des obstacles. Manqué, vous vous écorchez de nombreuses fois et perdez 2 points de vie.

Les lutins sont malins et se dispersent. Vous ordonnez à vos hommes de faire de même pour essayer d'en attraper le plus possible.

Vous voilà sur eux, mais ce n'est pas encore gagné. Voici comment procéder pour essayer de les saisir.

Les lutins malins.

Vous êtes 11. Lancez deux dés et enlevez 1 au score obtenu. Le résultat correspond au nombre de cavaliers ayant réussi à attraper un lutin.

Si ce nombre est supérieur ou égal à 5, allez au **82**. Sinon, allez au **92**.

53

Venez-vous juste de combattre le grand dragon-squelette ?

Si tel est le cas, allez au **63**. Sinon, allez au **73**.

54

Cette table est occupée par un homme à la peau tannée. À ses côtés, une sacoche de cuir dégage une odeur répugnante.

— Qu'est-ce qui pue comme ça ? demande Jack, avec son culot coutumier.

— Jack, voyons…

Mais l'homme n'est aucunement importuné. Il répond tout naturellement.

— De véritables boyaux de chair et de sang ! C'est 2 pièces d'argent chacun.

— Qu'est-ce qu'il dit, maître ?

Si vous parvenez à comprendre l'homme, allez au **84**. Sinon, retournez au **40** pour faire un autre choix.

55

Sans le dragonnet pour les mener, vos adversaires sont particulièrement désorganisés, mais restent très dangereux. Combattez-les (n'oubliez pas que vos hommes sont à vos côtés).

Si vous venez à bout de ces êtres infâmes, vous pouvez récupérer jusqu'à cinq crânes de feu. Lancé sur un adversaire, chacun d'eux ajoutera 5 points de dégâts lors d'un assaut. Après, il se désintègrera.

Mais cet affrontement laissera des stigmates. Si vous avez perdu plus de 10 points de vie dans ce combat, vous obtenez le statut

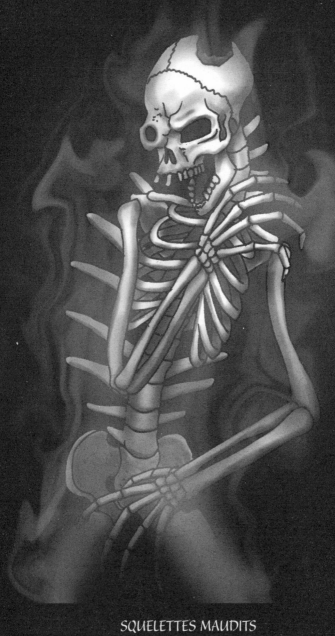

SQUELETTES MAUDITS
Habileté : 16   Points de vie : 70

maudit. Sachez aussi qu'un éclaireur a malheureusement perdu la vie (supprimez-le de votre fiche de personnage).

Aucunement effrayées, les araignées géantes s'avancent imperturbablement.

Allez au **65** pour les affronter.

56

Les galèns se jettent soudainement sur vous. Si des pièces d'or débordent de votre sac ou des besaces de vos éclaireurs, elles vous sont subtilisées en moins de temps qu'il n'en faut pour le dire et les étranges créatures piquent une colère noire. Sinon, les galèns se désintéressent rapidement de leurs contenus ; ce qui a également pour effet de les irriter au plus haut point.

Un des galèns s'avance. Son corps difforme est revêtu d'une armure de plomb ridicule et il tient dans les mains quatre petites épées faites du même métal. À son semblant de cou pend un petit cristal de galène : du plomb à l'état brut.

PLOO
CHEF DES GALÈNS
Habileté : 5   Points de vie : 40

— Gné! Bats-toi! Gné!

De toute évidence, il vous défie en duel! Combattez-le seul!

Si vous êtes vainqueur, les galèns retournent de l'autre côté du pont la tête basse, mais en ricanant.

— Gné, Gné, Gné…

Allez au **85**.

57

Possédez-vous ces trois objets : une côte, un boyau et un os pointu de dragon?

Si tel est le cas, allez au **77**. Si vous ne les avez pas ou s'il vous en manque un, allez au **67**.

58

Les parois sont parsemées d'étranges ins-criptions auxquelles vous ne comprenez absolument rien. Mais vous découvrez un dessin représentant un sabre dont la garde est en forme de croissant de lune. Au-dessous sont inscrites quelques lignes en langue commune.

Mon leg au monde lunaire
Bénéfique cimeterre
Lunaris le divin dragon
Ne crache plus son poison

— C'est le sabre sélénique ! s'exclame Jack. Celui dont nous a parlé le spectre à la pièce fantôme !

— Et ce message nous indique où le trouver, complétez-vous.

— Oui, c'est génial !… Et où ? demande la grenouille en se grattant la tête.

— Je pense qu'il est dans la gueule de la statue de Lunaris, à l'entrée du temple.

Vous ressortez et retrouvez vos hommes. Levant les yeux, vous observez attentivement la gueule béante du gigantesque dragon de roche.

— Je le vois ! déclarez-vous.

— Zut, il est trop haut ! peste Jack. Tu ne pourras jamais l'atteindre.

— Moi, non. Mais toi, peut-être…

— Comment ça ?

— Je vais te faire rebondir, Jack. Tu n'auras plus qu'à l'attraper. Tu n'y vois pas d'inconvénient ?

— Euh… C'est-à-dire que…

— Quoi ?

— Je ne suis pas très chaud, là…

— Ne t'inquiète pas. Ce n'est pas une question de température. Il te suffit juste d'être gonflé à bloc, Jack-le-ballon !

— Pfff… Bon, ok, vas-y…

Résigné, votre petit compagnon se blottit dans sa bulle, attendant le décollage. Sous les yeux étonnés de vos hommes, vous le prenez à deux mains et le projetez au sol de toutes vos forces !

Faites un jet de dextérité (ND 5). Réussi, votre visée est parfaite. Jack atteint la gueule du dragon et saisit le sabre en déformant sa bulle. Manqué, vous envoyez Jack trop loin du but et devez faire un nouvel essai.

Si vous avez dû faire rebondir Jack plus de trois fois, allez au **156**. Sinon, allez au **166**.

59

Vous déposez le crâne au pied de la plus grande plante.

— Voici la relique de votre guide, déclarez-vous solennellement. J'espère qu'elle vous aidera à survivre jusqu'à ce que nous ayons occis Marfaz.

Mais, alors que vous attendiez un signe de gratitude, les plantes saisissent un éclaireur.

— Vous êtes de dignes serviteurs de Lunaris, déclare l'une d'elles. Pour vous prouver notre reconnaissance, nous acceptons ce soldat en sacrifice.

— Quoi ?! criez-vous, éberlué par cette demande.

Un profond malaise vous noue l'estomac. Les sélénites sont des serviteurs de l'ombre. Pour un aventurier tel que vous, épris de justice et de loyauté, il est impensable de céder à de telles pratiques. Mais êtes-vous réellement en position de refuser ?

Si vous acceptez l'abominable proposition des sélénites, allez au **179**. Sinon, préparez-vous à assumer votre trahison envers Lunaris au **69**.

60

Vous voici enfin au pied des Monts de la Lune. Vous suivez un sentier serpentant entre les sommets aux allures de cathédrale. Rapidement, la pente et l'instabilité du terrain vous obligent à mettre pied à terre.

La tension monte dans le convoi. Le son des sabots résonne à n'en plus finir entre les parois rocheuses.

Soudain, Jack pointe son doigt en direction du sud.

— Regarde, maître! En contrebas, il y a une étrange forêt bleu-vert.

— Ce doit être la Forêt des Nymphes, Jack.

— On dirait qu'elle scintille.

Déconcentré, vous en oubliez de faire attention où vous mettez les pieds.

Faites un jet de chance. Chanceux, vous trébuchez sur une pierre, mais reprenez habilement votre équilibre. Malchanceux, vous chutez lourdement (vous perdez 1 point de vie).

— Regarde où tu mets les pieds! se moque Jack en riant aux éclats.

— Tu sais, Jack, il y a des fois où j'ai envie de donner à ton visage orangé une couleur bleu-vert, comme celle de cette forêt.

— Ah bon? Et comment?

— Il ne vaut mieux pas que tu le saches…

Peu après, le sentier aboutit devant une grotte.

— L'entrée est trop étroite pour les chevaux, conclut Jack. Dommage. On fait demi-tour?

Si vous faites fi de la suggestion de Jack, pénétrez dans la grotte au **16**. Sinon, rebroussez chemin et retournez sur la carte pour prendre la direction de la Passe de l'Orient (#50). N'oubliez pas de jouer la règle des rencontres aléatoires.

61

Près de la cheminée, une vieille femme rabougrie coud un tricot. Sa peau est faite de taffetas gris effiloché.

— Voici donc l'envoyé de Gardolon !

Votre identité n'a visiblement aucun secret pour cette sorcière. Elle en sait trop. Devriez-vous l'éliminer ?

— N'y pense même pas ! reprend-elle aussitôt, lisant dans vos pensées comme dans un livre ouvert.

Elle sort une pièce d'or de sa poche.

— Tu la veux, Jack ?

Aveuglé par sa cupidité, votre petit compagnon ne se demande même pas comment la femme le connaît et bondit sur ses cuisses. Mais il atterrit sur la chaise, au travers de ce qui est de toute évidence un spectre.

— Ben… Elle est où, la pièce? demande-t-il, éberlué.

— Euh… Jack, tu n'as pas l'impression d'être au milieu d'un fantôme, là?

— Hein? Ah, oui, peut-être… Mais sinon, elle est où, la pièce?

— Je suis là pour t'aider, reprend l'étrange spectre, aucunement troublé. Marfaz est en route pour Wello. Le tuer, c'est lever les malédictions lancées dans la baronnie. Il se constitue une armée et projette de la rassembler au Volcan du Levant.

— Ne changez pas de conversation! intervient Jack. Elle est où, la pièce?

— Si tu veux éviter les combats, passe par la Grotte des Galèns et le Cirque Sélénique, poursuit-elle.

— Comment puis-je combattre ce démon? demandez-vous, inquiet. On le dit si puissant…

Si vous possédez une larme de cristal, allez immédiatement au 105. Sinon, allez au paragraphe correspondant à votre personnage : le **101** pour le guerrier, le **102** pour l'archer, le **103** pour le magicien, ou le **104** pour le druide.

62

Par une trouée dans le feuillage, vous apercevez un contrefort montagneux.

— Là ! déclarez-vous. Les Monts de la Lune. Ils nous montrent le chemin !

Vous changez de direction, avec l'étrange impression de faire marche arrière. Mais vous finissez enfin par sortir de la forêt.

Choisissez votre route sur la carte. Vous pouvez aller vers la Taverne des Miracles (#40) ou vers la Passe de l'Orient (#50). N'oubliez pas de jouer la règle des rencontres aléatoires.

63

— Noble dragon, débutez-vous. Je connais maintenant ta puissance et je te respecte.

— Humain, tu es courageux de m'avoir affronté. Mais tu n'as pas osé le faire seul.

— J'ai réagi stupidement. J'en suis désolé. Je pars lever une armée pour détruire le démon Marfaz. Es-tu prêt à m'aider?

— J'ai été maudit par Marfaz. Alors que mon corps reposait en paix sur cette colline, ce démon a rappelé mon âme ici-bas. Maintenant, mon esprit est prisonnier de mes ossements. Si tu tues Marfaz, mon âme pourra retourner au pays des dragons. Je vais donc t'aider.

Allez au **71**.

64

Cette table est particulièrement animée. On y joue aux devinettes inversées. Inutile de préciser que Jack est emballé par ce divertissement. Pour participer, il faut commencer par miser 1 pièce d'argent.

Le joueur doit formuler une question correspondant à la réponse qu'on lui donne. S'il voit juste, il gagne le double de sa mise et se qualifie pour le tour suivant. S'il se trompe, il perd sa mise et est éliminé. La mise augmente avec la difficulté de la question.

Pour vous lancer dans la partie, allez au **106**. Si cela ne vous intéresse pas, retournez au **40**.

65

Les araignées géantes vous font maintenant face. Elles agitent frénétiquement leurs pattes et des gouttes de venin ruissellent de leurs crocs acérés. Affrontez-les (n'oubliez pas que vos hommes sont à vos côtés).

Si vous parvenez à occire les affreux arachnides, vous pouvez récupérer jusqu'à

ARAIGNÉES GÉANTES
Habileté : 13   Points de vie : 45

cinq crocs venimeux. Lancé sur un adversaire, chacun d'eux ajoutera 1 point de dégâts lors d'un assaut. Après il sera inefficace. Notez qu'ils sont aussi vendables au prix de 1 pièce d'argent l'unité, dans n'importe quelle boutique.

Si vous avez perdu plus de 10 points de vie dans ce combat, vous obtenez le statut empoisonné pour vous être frotté aux crocs venimeux des araignées. Sachez aussi qu'un éclaireur a malheureusement perdu la vie (supprimez-le de votre fiche de personnage).

Allez au **95**.

66

Plus vous avancez et plus la pente se raidit. L'ascension devient un véritable calvaire ! Seul Jack, tranquillement juché sur votre tête, garde le sourire.

— Vous baissez de rythme, les gars. Un peu de courage, voyons !

La roche devient extrêmement glissante. Si vous possédez des bottes en peau de hérisson, elles facilitent votre ascension. Sinon, vous perdez 2 points de vie à cause des nombreux dérapages dont vous êtes victime.

Peu à peu, la roche devient de moins en moins ferme. Une étrange couche spongieuse et malodorante apparaît sur les parois. Elle est parsemée d'étranges protubérances, souples et pointues. Soudain, Jack agrippe fermement vos cheveux.

— Aie! Mais qu'est-ce qui te prend? pestez-vous.

— Ça bouge, maître. Le tunnel bouge, annonce Jack en piquant les parois de son épée…

— Arrête, Jack!

Sous les coups de piques de la grenouille, les parois s'agitent soudainement.

— Il est vivant! Le tunnel est vivant! s'affole votre petit compagnon.

En proie à une peur panique, vous accélérez. Devant vous, une lueur apparaît peu à peu.

— La sortie! C'est la sortie! déclare Jack en sautillant de joie.

Mais votre bonheur est de courte durée. D'énormes dents jaunâtres sortent des

GALERIE VORACE
Habileté : 10   Points de vie : 80

parois et l'issue commence à lentement se refermer.

C'est l'heure du souper pour la galerie vorace! Combattez-la avec l'aide de vos hommes.

Si vous venez à bout de cette étrange créature, la paroi devient soudainement flasque et s'affale, telle une couverture mal essorée. Au milieu de cet amas visqueux et puant, tout le monde rampe frénétiquement vers la sortie. Les torches s'éteignent et c'est le noir absolu. L'air commence à manquer. Il faut faire vite!

Testez votre chance. Chanceux, allez au **76**. Malchanceux, allez au **86**.

67

Les ronflements de Jack perturbent quelque peu votre attention, mais vous décidez de ne pas le réveiller pour éviter un tapage nocturne.

Le tour de garde achevé, vous réveillez un éclaireur et allez vous installer au pied d'un roc, à l'abri du vent et loin du petit ronfleur.

Allez au **47**.

68

Les parois sont parsemées d'étranges inscriptions auxquelles vous ne comprenez absolument rien. Il y a bien quelques lignes inscrites dans votre langue, mais leur sens est difficile à saisir.

— Elle devait s'ennuyer, cette Nielle Ombo, pour écrire ainsi n'importe quoi sur les murs, déclare Jack.

Allez au **138**.

69

Soudain, les plantes s'agitent et deviennent agressives.

— Et c'est comme ça que vous nous remerciez ?! grogne Jack.

PLANTES SÉLÉNIQUES

Habileté : 11   Points de vie : 44

Vous n'avez pas le choix. Il faut combattre (avec l'aide de vos éclaireurs).

Si vous êtes vainqueur, vous obtenez malheureusement le statut maudit pour avoir combattu les serviteurs de Lunaris dans leur propre monde.

Vous remarquez au loin un nuage de fumée. Intrigué par ce phénomène, vous bondissez dans sa direction au **78**.

70

Vous atteignez le Col du Croissant à la nuit tombante. L'ascension a été éprouvante et tout le monde a grand besoin de repos. Avant que le soleil ne disparaisse, vous profitez de l'extraordinaire point de vue. À l'ouest, vous distinguez l'imposante silhouette de la ville de Shap, bordée par le grand océan. À l'est, un halo violacé émane des montagnes aux reliefs abrupts. Son aspect maléfique n'est guère rassurant.

— Campons ici, ordonnez-vous. Nous avons tous besoin de repos.

— Assurons-nous des tours de garde? demande un éclaireur.

— Oui, ce ne sera pas du luxe. On ne sait jamais ce qui peut nous tomber dessus durant la nuit.

— C'est ça, complète Jack. Montez la garde pendant que nous dormons, mon maître et moi.

— Dors si tu veux, Jack. Mais moi, je prendrai un tour de garde.

— Mais, tu es mon maître et moi le chef. C'est à eux de veiller, pas à nous!

— So-li-da-ri-té, tu connais, Jack?

— Pfff… Fais comme tu veux. Moi je suis chef et j'assume. Donc, je dors…

Lorsque le soleil disparaît derrière l'océan, l'obscurité envahit rapidement la baronnie.

— La pleine lune se lèvera tard, déclare un éclaireur. Le début de la nuit sera sombre…

— Idéal pour bien s'endormir! se croit bon d'ajouter Jack, en se cocounant dans une épaisse touffe d'herbe.

Quel tour de garde souhaitez-vous assurer?

Le premier (allez au **17**), le second (allez au **27**), le troisième (allez au **37**), ou le dernier (allez au **47**).

71

Le dragon crache alors trois de ses dents. L'une d'elles manque de tomber sur Jack.

— Hé ! Fais attention espèce de gros sac d'os !

Le dragon se penche vers la grenouille et la dévisage de ses grandes orbites vides. Jack se fait tout petit et court se réfugier derrière vous.

— Prends ces dents, jeune humain. Elles t'aideront dans ta quête.

Notez sur votre fiche de personnage que vous possédez trois dents de dragon. Lancée sur un adversaire, chacune d'elles inflige 15 points de dégâts, le temps d'un assaut. Une fois utilisées, elles partiront en poussière.

— Évite la Grotte des Galèns, reprend le dragon-squelette. Elle a été maudite par Marfaz.

Vous saluez respectueusement la créature et redescendez la colline.

Choisissez votre route sur la carte. Vous pouvez aller vers la Taverne des Miracles (#40) ou vers la Grotte des Galèns (#60). N'oubliez pas de jouer la règle des rencontres aléatoires.

72

Vous cheminez interminablement parmi les arbres.

— Je crois que j'ai déjà vu ce buisson, maître.

— Tu as raison, Jack. Sa forme biscornue ne trompe pas. Nous tournons en rond !

— Comment va-t-on faire pour sortir d'ici ?

— Je ne sais p…

Soudain, vous recevez une nouvelle pluie de glands (vous perdez 1 point de vie). Au milieu des taillis, de petits êtres ventripotents vous narguent en ricanant.

— Hé, hé, hé ! Alors perdus, les humains ?

— Des lutins, maître! Attrapons-les!

Dès qu'ils comprennent vos intentions, les lutins s'enfuient à toutes jambes.

Poursuivez-les au **52**.

73

— Noble dragon, débutez-vous. Je ne connais pas la raison de ton état, mais je pressens que tu ne l'as pas désiré.

— Tu as raison, jeune humain. J'ai été maudit par Marfaz. Alors que mon corps reposait en paix sur cette colline, ce démon a rappelé mon âme ici-bas. Maintenant, mon esprit est prisonnier de mes ossements.

— Je pars lever une armée pour détruire le démon Marfaz. Es-tu prêt à m'aider?

— Mon aide se mérite, jeune impertinent! Prouve-moi ta valeur. Choisis, entre une énigme ou un combat. Si tu t'en sors, je t'aiderai.

Pour choisir l'énigme, allez au **83**. Pour combattre le dragon-squelette, allez au **93**.

74

Lancez deux dés pour savoir combien de verres vous réussissez à boire. Le résultat correspond au nombre de pièces d'argent que vous gagnez dans l'affaire.

Malheureusement, le dernier verre à peine englouti, vous vous écroulez sur le plancher. Il faut que Jack aille prévenir vos hommes pour qu'on vous traîne au-dehors. Après un bain forcé dans le bac d'eau, vous reprenez vos esprits. Mais cet abus d'hydromel altère vos facultés (vous obtenez le statut empoisonné).

Après cette mauvaise expérience, vous n'avez plus du tout envie de retourner dans la taverne.

Choisissez votre route sur la carte. Vous pouvez aller vers la Passe de l'Orient (#50) ou vers la Grotte des Galèns (#60). N'oubliez pas de jouer la règle des rencontres aléatoires.

75

Paniqué, un éclaireur s'acharne sur sa bulle et la fait éclater. Aussitôt, il se met à suffoquer et s'écroule à genoux.

— Ramenez-le sous la cascade! criez-vous à ses camarades.

Solidaires, ses camarades sont prompts à réagir. Le soldat est ramené sous la cascade et une nouvelle bulle bienfaitrice coiffe aussitôt sa tête. Il est passé tout près de l'asphyxie.

Poursuivez votre route au **38**.

76

Vous gigotez nerveusement, essayant de vous extirper au plus vite de cette monstruosité. Mais vous vous écorchez sur une dent et perdez 2 points de vie.

Allez au **96**.

77

Les conseils de Mafalda — l'étrange spectre de la roulotte — vous reviennent. Toutes les conditions sont réunies pour fabriquer cette mystérieuse arme.

Vous extirpez le boyau et les ossements de votre sac. Essorant et torsadant soigneusement la chair froide, vous l'attachez solidement à la côte, idéalement courbée. Vous ramassez ensuite une fine branche de noisetier et insérez l'os pointu à l'une de ses extrémités. L'arc et sa flèche se mettent à vibrer. Ils s'illuminent d'une lueur blanchâtre. Utilisée contre n'importe quel adversaire normal, cette arme le tuera d'un coup. Mais mieux vaut conserver votre unique flèche contre celui qui sort de la normalité : le démon Marfaz. Sur votre fiche de personnage, notez que vous possédez l'arc du croissant et, bien sûr, rayez les 3 objets qui ont été nécessaires pour sa construction.

Si vous avez pris le second tour de garde, allez au **67**. Si c'était le troisième, allez au **87**.

78

Vous parvenez devant un gouffre insondable.

— Attention! hurle un soldat.

Une gerbe de vapeur brûlante est projetée dans l'espace avec une violence inouïe. Les embruns vous coûtent 2 points de vie.

— C'est quoi encore, ce truc?! grommelle Jack.

— Je ne sais pas. Attends…

Non loin du précipice, vous découvrez des inscriptions gravées.

Quitter ma douce lune
Demande du courage
C'est une vraie infortune
Un implacable outrage

— Un sonnet, maintenant?! grommelle Jack. Mais elle n'avait rien d'autre à faire cette Nielle, ou quoi?

Totalement imprévisibles, les jets de vapeur se succèdent.

— Jack, dites-vous calmement. J'ai un doute. Dans ta bulle, je suis certain que tu ne risques rien. Es-tu prêt à sauter en éclaireur ?

— Non mais ça va pas ou quoi ? C'est pas moi l'éclaireur, c'est eux ! Moi, je suis chef !

— Je sais, mais je t'assure que tu ne risques rien. Fais-moi confiance.

— Jusqu'à maintenant quand je te fais confiance, ça ne tourne pas à mon avantage, gronde Jack.

Votre compagnon est sur la défensive. Il faut dire qu'on le serait à moins.

Si Jack est très fâché, allez immédiatement au **157**. Sinon, pour le convaincre, il va falloir se montrer très persuasif. Faites un jet d'esprit (ND 6). Réussi, allez au **147**. Manqué, allez au **157**.

79

Peu à peu, l'étrange plasma violacé s'atténue et finit par disparaître. Dans la pagaille de la bataille, votre groupe s'est dispersé. Mais un de vos hommes est manquant. Il s'est empalé sur un cristal géant (supprimez un éclaireur de votre fiche de personnage).

Et comme un malheur n'arrive jamais seul, d'autres golems accourent de l'est! Leurs silhouettes incandescentes illuminent les sombres parois montagneuses d'une lueur maléfique.

Un éclaireur isolé est directement menacé. Soudain, vous entendez la voix affolée de Jack.

— Au secours, maître!

Esseulé, il est lui aussi pris en tenaille. Intérieurement, vous le savez capable de se tirer de ce mauvais pas. De plus, un éclaireur a vu la scène et tente de l'aider. Mais le danger est bel et bien réel pour la petite grenouille. Vous devez faire un choix et il n'est pas facile.

Pour secourir Jack et abandonner l'éclaireur à une mort certaine, allez au **89**. Pour sauver l'éclaireur, en espérant que Jack parviendra à s'en sortir, allez au **99**.

80

Après un dangereux numéro d'équilibriste sur les pentes vertigineuses, vous traversez le défilé et empruntez un sentier conduisant devant l'entrée d'un tunnel. Vous observez un instant l'orifice béant et découvrez des inscriptions.

Cirque Sélénique
Passage
Nielle Ombo

— Tiens, c'est bizarre. Elle s'appelle comme la meilleure amie de mon maître, réfléchit Jack à haute voix.

— Mais, je ne connais pas de Nielle! rétorquez-vous.

— Mais non, pas toi, petit maître. Mon vrai maître, ton instructeur!

— Bon, allons-y, dites-vous pour mettre fin à la conversation plutôt inutile.

Vous pénétrez dans le tunnel. Peu après, vous débouchez devant une étrange cascade de bulles aux reflets rosés. Elles virevoltent, telles des ballerines infatigables.

— C'est rigolo toutes ces bulles! s'exclame Jack en sautillant pour essayer de les faire éclater.

— Arrête de jouer, Jack! Tu n'as rien dans ton encyclopédie sur cette cascade ou sur cette Nielle?

Jack feuillette distraitement dans son ouvrage.

— Si!...

— Et?...

Et il se remet à faire éclater quelques bulles.

— Jack!

— Ah oui, finit-il par lâcher. Nielle Ombo était une magicienne-exploratrice qui vivait il y a très longtemps. Elle s'intéressait beaucoup à la lune et était persuadée qu'elle pouvait influencer le comportement des gens.

— Et à propos de la cascade ?

— Rien du tout.

Pour aller plus loin, il faut passer sous cette étrange cascade de bulles. Si tel est votre choix, allez au **18**. Sinon, ressortez du tunnel et retournez sur la carte pour prendre la direction de la Steppe de Cristal (#90). N'oubliez pas de jouer la règle des rencontres aléatoires.

81

Faites-nous sortir de cette forêt, ordonnez-vous fermement.

— Et tu promets de nous laisser partir ? demande un lutin suspicieux.

— Oui, je le jure, dites-vous.

Les lutins bougonnent et se concertent longuement en chuchotant. Pour les encourager à obéir, vous faites mine d'ordonner leur massacre.

— D'accord ! D'accord ! crie l'un d'eux, paniqué. Prenez par là et ne déviez pas de votre route. Vous atteindrez une petite clairière, d'où vous pourrez voir les Monts de la Lune. Ils vous guideront.

— Maître, j'ai envie de leur donner une bonne leçon, dit Jack, en ricanant.

— Non, je tiens à tenir parole. Ça montrera à ces coquins que nous valons bien mieux qu'eux.

— Mais la promesse c'est toi qui l'as faite, pas moi.

— JACK !

Vous ordonnez à vos hommes de laisser partir les lutins et reprenez votre route au **62**.

82

Pendus par le col, les lutins se mettent à pleurnicher, tout en se débattant.

— Laisse-moi, espèce de tête d'œuf à cheval ! déclare l'un d'eux.

— Pose-moi par terre, j'ai le vertige!
râle un autre.

Vous rassemblez vos nombreux prisonniers et les menacez sans détour.

— Pitié! Laissez-nous tous partir!
implorent-ils de concert. Nous vous don-
nerons ce que vous voulez.

Si vous êtes druide et que vous connaissez une certaine Mafalda, allez au **91**.
Sinon, allez au **81**.

83

— Jadis vivaient deux dragons : un rouge
et un vert. Si le dragon rouge avait eu sept
têtes de plus que le dragon vert, ils en
auraient eu quarante-sept à eux deux. Mais
le dragon rouge avait sept têtes de moins
que le dragon vert. Combien de têtes avait
le dragon rouge?

Si vous trouvez seul la réponse à cette énigme, allez directement au paragraphe correspondant à la solution. S'il ne commence pas par « Jack se gratte la tête… » ou si vous préférez vous en remettre à votre personnage, faites un jet de savoir (ND 8). Réussi, allez au **7**. Manqué, allez au **8**.

84

À force de concentration, vous parvenez à comprendre que l'homme propose des boyaux.

Si vous êtes archer et que vous connaissez une certaine Mafalda, allez au **114**. Sinon, vous n'êtes pas du tout intéressé par les articles sanguinolents que propose cet homme et retournez au **40**.

85

Mais pourquoi ricanent-ils, maître? Ce sont eux qui sont ridicules, pas nous!

— Je ne sais pas.

— Eh bien moi, je sais. Ils ont du plomb dans la cervelle!

Jack ne croit pas si bien dire. Soudain, les galèns s'agitent dans votre dos. Ils se mettent à charger par petits groupes bien rangés.

Par chance, vous vous trouvez juste à côté d'un tas de boules de plomb. Instinctivement, vous donnez vos ordres.

— Faites passer les boules! Je vais les renverser sur le pont!

Le sourire aux lèvres, les éclaireurs vous obéissent. Il y a cinq groupes de galèns. Faites cinq jets de dextérité ou de perception (ND 6). Pour chaque jet réussi, votre boule roule selon une trajectoire parfaite et envoie valser tous les galèns dans le plomb en fusion : «strike»!

Chaque jet manqué permet par contre à 10 d'entre eux de vous atteindre : «blow»!

sont plutôt craintives. Leur comportement agressif n'est pas naturel.

— Alerte! Nous sommes attaqués! criez-vous.

Vous vous ruez à l'assaut, aussitôt imité par vos hommes. Malheureusement, l'un d'eux est tué avant d'avoir eu le temps de se lever (supprimez-le sur votre fiche de personnage).

Si vous venez à bout de ces viles créatures, vous passez ce qui reste de la nuit à veiller avec vos compagnons. Profondément endormi, Jack ne s'est aperçu de rien. À son réveil, il pose sur les hideux cadavres un regard incrédule.

— Qu'est-ce qui s'est passé? demande-t-il en se frottant les yeux.

— C'était juste une petite attaque nocturne, Jack. Si petite qu'elle ne t'a même pas dérangé dans ton sommeil, visiblement…

— Euh… Si, bien sûr. Mais je vous savais assez débrouillards pour vous en sortir tous seuls!

Allez au **97**.

88

Jack disparait dans les ténèbres. S'ensuit un silence de mort. Où est-il ? Il faut le rejoindre !

Vous avancez au bord du précipice, bientôt imité par vos hommes. Ils vous font confiance. Il ne faut pas les décevoir.

Allez au **148**.

89

Vous courez vers votre petit compagnon et vous vous interposez entre lui et son agresseur. Combattez seul (vos hommes ne vous ont pas suivi dans cette mission de sauvetage).

Si vous êtes victorieux, vous récupérez une roche de lave. Elle ajoute 8 points aux dégâts durant un combat et se désintègre après utilisation.

Jack vous saute au cou.

— Merci, maître ! Merci pour ton aide ! Ce bonhomme brûlant faisait froid dans le dos. Je te revaudrai ça.

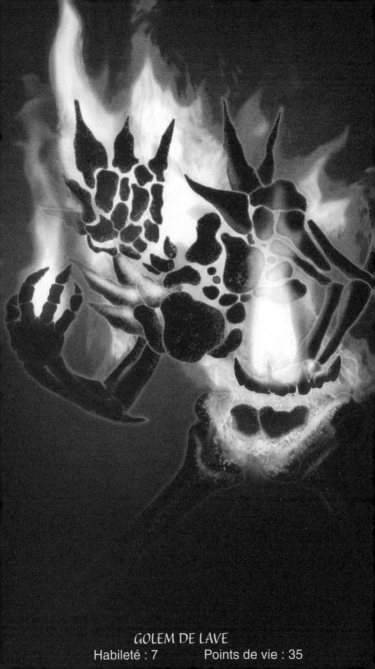

GOLEM DE LAVE
Habileté : 7   Points de vie : 35

Vous appréciez cette manifestation d'affection à sa juste valeur. Mais vous ne pouvez vous empêcher de penser au pauvre soldat que vous avez abandonné (supprimez un éclaireur de votre fiche de personnage).

Notez que Jack est très content, puis allez au **109**.

90

Après une véritable partie de slalom sur de dangereux pierriers, vous finissez par atteindre un étroit et surprenant vallon. D'innombrables cristaux blanchâtres parsèment les lieux, tels des oursins minéraux. Une étrange aura violacée imprègne l'atmosphère, reflétée par les volumes translucides. Les montagnes renvoient l'écho d'un inquiétant brouhaha.

Vous ordonnez à un éclaireur de partir en avant. Il revient sans tarder, le front suintant de sueur.

— Des golems ! Ils sont très nombreux ! annonce-t-il, paniqué.

— Vous ont-ils vu ?

— Non.

— À quoi ressemblent-ils ?

— Ces horribles créatures sont faites de terre, de pierre et de cristal ! Il en sort de partout !

Profitant du couvert des cristaux de roche, vous avancez discrètement. Au détour d'un prisme, vous découvrez une impressionnante population de golems en tous genres. Un mystérieux plasma violacé enveloppe le relief. La terre bouillonne, la roche s'effrite et les cristaux se brisent. De ce chaos surnaturel sortent lentement des humanoïdes aux mouvements saccadés. Ils forment une véritable armée !

— Qu'est-ce qu'on fait, maître ? On les contourne ? demande Jack, inquiet.

— Non, ça prendrait trop de temps.

— Alors, on fait quoi ?

— Nous n'avons pas le choix. Il faut traverser ce vallon, coûte que coûte.

— Et si nous faisions diversion ?

— Bonne idée, Jack. Que proposes-tu ?

— Ben, de faire diversion.

— Mais encore ?

— Oh, tu sais, je ne m'embarrasse pas de détails, moi.

Votre petit compagnon a beau vous faire sourire lorsqu'il se prend pour un grand stratège, mais son idée est bonne, il faut bien l'avouer.

Si vous êtes guerrier, allez au **129**. Si vous êtes archer, allez au **139**. Si vous êtes magicien, allez au **149**. Si vous êtes druide, allez au **159**.

91

Vous vous rappelez les paroles du spectre Mafalda. Ces lutins ont certainement ce que vous cherchez.

— Donnez-moi votre bâton magique! ordonnez-vous fermement.

— Et tu promets de nous laisser partir? demande un lutin incrédule.

— Oui, je le jure, dites-vous.

Les lutins bougonnent et se concertent longuement en chuchotant. Pour les encourager à obéir, vous vous concentrez et faites pousser du lierre autour de leurs jambes.

— D'accord ! D'accord ! crie l'un d'eux, paniqué. Voici le bâton !

Une petite baguette de noisetier apparaît soudainement dans vos mains.

— Enlève-nous ce lierre et laisse-nous partir, maintenant ! Tu as promis !

— Maître, j'ai bien envie de jouer encore un peu avec eux, dit Jack en ricanant.

— Non, je tiens à tenir parole. Ça montrera à ces coquins que nous valons bien mieux qu'eux.

— Mais la promesse, c'est toi qui l'as faite, pas moi.

— JACK !

Vous ordonnez à vos hommes de laisser partir les lutins et reprenez votre route. Notez, sur votre fiche de personnage, que vous possédez le bâton des lutins.

Et allez au **62**.

92

— Laissez-nous quitter cette forêt, ordonnez-vous fermement.

LUTINS

Habileté : 10   Points de vie : 20

— Quand nos copains vont revenir, tu feras moins le fier ! menace un lutin, sans se démonter.

— Ha, ha, ha ! se moque Jack. Et il fait encore le malin, le petit lutin ? Laisse-moi lui donner une bonne leçon, maître.

Mais cet avertissement n'était pas gratuit. Des lutins sautent des arbres et vous assaillent. Défendez-vous (n'oubliez pas que les éclaireurs sont avec vous) !

Si vous êtes vainqueur, une pluie de glands jaillit des feuillages (vous perdez 1 point de vie). Vos prisonniers ont profité de la rixe pour s'enfuir et vous voilà revenus à la case départ. Vous remontez en selle pour tenter d'échapper au déluge.

Allez au **32**.

93

Affrontez ce redoutable mort-vivant. N'oubliez pas que vous combattez aux côtés de neuf éclaireurs. Même dans son état, cette créature reste très dangereuse et

DRAGON-SQUELETTE
Habileté : 28   Points de vie : 66

vous devez doubler les dégâts qu'elle vous inflige.

Si vous êtes vainqueur, allez au **113**. Si le dragon-squelette triomphe, allez au **123**.

94

Le sabre sélénique a été créé par Nielle Ombo pour combattre le mal. Lorsque vous le dégainez, il brille d'une intense lueur blanche et vibre dans votre main. Son aura lunaire affecte les chevaliers combattant à vos côtés et décuple leur volonté.

Durant ce combat, doublez les dégâts infligés à Marfaz et augmentez votre niveau d'habileté de 5 points. Malheureusement, le sang maudit de Marfaz rendra cette magnifique arme inutilisable à terme. Vous devrez donc la rayer de votre fiche de personnage à la fin du combat.

Maintenant, battez-vous au **170**.

95

— Regarde, maître! Les chevaux, ils s'enfuient!

Toute cette agitation a effrayé vos fidèles montures. Elles partent au galop et disparaissent au loin.

— Hé! Revenez, espèces de pétochards! crie Jack.

Vous voilà maintenant à pied. Après avoir dressé des sépultures de fortune pour les soldats tombés au combat, vous reprenez votre route. Soudain, un éclaireur vous interpelle.

— Regardez! Des créatures arrivent!

Dans votre dos, un grand nombre d'inquiétantes silhouettes se dessine à contre-jour. Si vous pensiez avoir décimé l'armée de Marfaz, vous comprenez alors que c'est loin d'être le cas.

— L'ennemi est trop nombreux pour nous, déclarez-vous. Pressons le pas pour le distancer.

Vous laissez derrière vous les forces maléfiques. Peu à peu, le chemin devient de plus en plus raide. La route dessine un long et sinueux sentier, grimpant à flanc de montagne. Privés de chevaux, vous imprimez un rythme de marche soutenu, afin de ne pas perdre trop de temps. Jack est, pour sa part, monté sur votre épaule et donne la cadence.

— Un… Deux… Un… Deux… Allez, les gars ! Ne ramollissez pas !

Le soleil va bientôt se coucher. Il déverse dans le défilé un flot lumineux rougeoyant.

Retournez sur la carte et prenez la route du Col du Croissant (#70). N'oubliez pas de jouer la règle des rencontres aléatoires.

96

Derrière, les hommes crient, toussent et s'affolent. Lorsque vous débouchez enfin à l'air libre, vous les aidez à sortir en les agrippant par les bras. Mais l'un d'eux manque à l'appel (supprimez un éclaireur de votre fiche de personnage). Il a été englouti par le répugnant boyau !

Cette péripétie a mis à mal le moral de vos troupes. Mais heureusement, Jack est là pour détendre l'atmosphère.

— Il me tardait de sortir de cette chaussette géante, s'exclame-t-il. C'était vraiment pas le pied !

Vous voici sur le flanc d'une montagne. Le soleil va bientôt se coucher. En contrebas, il déverse dans le défilé un flot lumineux rougeoyant.

— Courage, mes amis ! déclarez-vous.

Retournez sur la carte et prenez la route du Col du Croissant (#70).

97

Au petit matin, dans le prolongement des ombres interminables des montagnes, vous apercevez une colonne de cavaliers et de fantassins quittant les murs de Shap. C'est l'armée de Joline. Comme prévu, elle se met en marche pour prendre les forces de Marfaz à revers. La grande bataille est pour bientôt, mais il y a encore beaucoup à faire…

À l'est, l'inquiétante lueur violacée a encore gagné en intensité. Il est temps de partir.

Vous descendez bon train un sentier sinueux. Jack est confortablement installé dans un repli de votre sac à dos. Comme d'habitude, il sait trouver les mots pour mettre tout le monde de bonne humeur, malgré l'heure matinale.

— Un… Deux… Un… Deux… Allez, les gars ! Réveillez-vous un peu et accélérez le pas !

Peu après, le sentier se divise en deux.

Choisissez votre route sur la carte. Vous pouvez aller vers le Cirque Sélénique (#80) ou vers la Steppe de Cristal (#90). N'oubliez pas de jouer la règle des rencontres aléatoires.

98

Vous prenez Jack sous le bras et avancez près du précipice, bientôt imité par vos hommes. Ils vous font confiance. Il ne faut pas les décevoir.

Allez au **148**.

99

Vous courez vers le soldat et vous vous interposez entre lui et son agresseur. Combattez-le avec l'appui de ce seul éclaireur (les autres ne vous ayant pas suivi dans cette mission de sauvetage).

Si vous êtes victorieux, vous récupérez une roche de lave. Elle ajoute 8 points aux dégâts durant un combat et se désintègre après utilisation.

Vous conseillez au soldat de rejoindre ses camarades ; ce qu'il fait aussitôt. Tout à coup, la voix de Jack claironne dans votre dos.

— Alors ça, je m'en souviendrai !

Rassuré d'entendre la grenouille, vous vous retournez, le sourire aux lèvres. Mais son visage n'exprime qu'une colère noire.

— Espèce de lâche ! déclare-t-il. Tu n'as pas honte de m'avoir laissé tomber ?

— Mais je te savais capable de fuir, Jack. Tu es petit, rapide et futé. Il fallait bien que je sauve l'éclaireur.

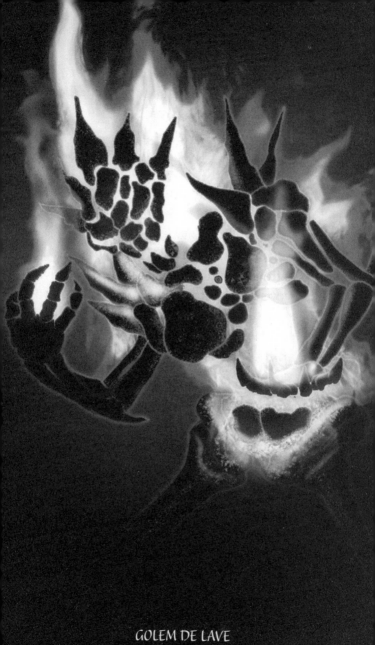

GOLEM DE LAVE
Habileté : 7   Points de vie : 35

— À quoi bon ? Un autre est mort en essayant de me sauver (supprimez un éclaireur de votre fiche de personnage).

— Je suis désolé. Je…

— Je ne veux rien savoir ! On n'abandonne pas quelqu'un face au danger, apprenti de pacotille, aussi grand chevalier soit-il !

— Mais, Jack…

Votre petit compagnon ne vous laisse même pas le temps de répondre. Il s'éloigne en faisant la moue, vexé par votre attitude.

Notez que Jack est très fâché, puis allez au **109**.

100

Vous aboutissez au pied d'un immense volcan. De son sommet émane une inquiétante fumée chargée de cendres. Des grondements sourds retentissent au cœur de la roche dénudée. Cet obstacle colossal risque fort de vous faire perdre un temps précieux.

Talonnant les forces démoniaques, l'armée de Shap se rapproche et celle de Wello n'est toujours pas informée de l'invasion imminente. Pour que le plan élaboré avec Joline réussisse, il faut prévenir Jeld dans les plus brefs délais.

— Ce volcan ne m'inspire pas du tout confiance, maître, dit Jack…

— Moi non plus. Mais Wello est pourtant juste derrière…

Au pied du volcan, vous remarquez alors une multitude de petits orifices. Ils laissent échapper de fines volutes de fumée.

— Regarde, Jack, ces petites galeries. Ce sont des évents naturels. Je suis certain qu'ils traversent le volcan. C'est la voie la plus rapide pour se rendre à Wello.

— Ces petits trous fumants qui sont là ? demande la grenouille. Et comment comptes-tu y pénétrer, grand dadais ?

— C'est à toi que va revenir le privilège de prévenir l'armée de Jeld.

— À moi ?!

— Oui, Jack. Traverse le volcan et envoie l'armée de Wello à la rencontre de celle de Shap. C'est une vraie mission de grand chevalier. Ça devrait te plaire...

Si Jack est très content, allez au **110**. S'il est très fâché, allez au **120**. S'il est d'une humeur habituelle, allez au **130**.

101

L'étrange spectre se nomme Mafalda. Elle vous prodigue de précieux conseils.

— Trouve le sabre sélénique, déclare-t-elle. Il permet de contrer les pouvoirs démoniaques. Il te faudra affronter les mystères du Cirque Sélénique pour en prendre possession. Je te conseille vivement d'acheter des vêtements chauds. Il fait très froid, là-bas. Bonne route et surtout, bonne chance...

Attrapez Jack et ressortez au **6**.

102

L'étrange spectre se nomme Mafalda. Elle vous prodigue de précieux conseils.

— Confectionne l'arc du croissant, déclare-t-elle. Il te faudra trouver une côte, un boyau et un os pointu de dragon. Va au Col du Croissant et assemble-le la nuit, à la lueur d'une lune pleine. Un dragon, nommé Wrass, vivait jadis dans la région. Ses restes ne sont pas loin. Bonne route et surtout, bonne chance…

Attrapez Jack et ressortez au **6**.

103

L'étrange spectre se nomme Mafalda. Elle vous prodigue de précieux conseils.

— Trouve le cristal de Saturnia, déclare-t-elle. Placé au bout d'une baguette magique, il décuple ses pouvoirs. Il est dans la Grotte des Galèns ; d'étranges créatures raffolant de l'or. Bonne route et surtout, bonne chance…

Attrapez Jack et ressortez au **6**.

104

L'étrange spectre se nomme Mafalda. Elle vous prodigue de précieux conseils.

— Trouve le bâton des lutins, déclare-t-elle. Il a de nombreux pouvoirs. Mais je ne sais pas si les lutins auront envie de s'en défaire. Bonne route et surtout, bonne chance.

Attrapez Jack et ressortez au **6**.

105

— Les fées t'ont choisi pour affronter ce démon, déclare la femme. La larme de cristal te permettra de l'affaiblir considérablement. Prends-en grand soin et ne t'en sépare pas.

Si vous êtes guerrier, allez au **101**. Si vous êtes archer, allez au **102**. Si vous êtes magicien, allez au **103**. Si vous êtes druide allez au **104**.

106

La première réponse est donnée par l'animateur du jeu : un blondinet dont le brushing inversé aurait de quoi rendre folle de jalousie n'importe quelle bégueule. Elle porte sur la géographie et est donnée dans votre langue ; ce qui est à saluer.

— Six.

Faites un jet de savoir (ND 6). Réussi, allez au **116**. Manqué, vous êtes éliminé et devez retourner au **40**.

107

Une petite voix résonne sous l'immense voûte de roche.

— Au secours, maître !

Jack accourt dans votre direction sous les regards circonspects des petits bonhommes à grands pieds. Il bondit sur votre épaule et se met à hurler au creux de votre oreille.

— LES VOILÀ, LES VOLEURS ! CE SONT LES GALÈNS ! TU AS VU ? ILS RAMASSENT MON TRÉSOR ET LE VERSENT DANS LEUR RIVIÈRE DE PLOMB LIQUIDE.

— Cesse de crier, Jack. Et alors ?

— ILS SONT FOUS ! ILS CHANGENT L'OR EN PLOMB ! TU TE RENDS COMPTE ?!

— Cesse de crier, Jack ! L'or doit avoir de la valeur à leurs yeux.

— MAIS NON ! C'EST L'OR QUI COÛTE CHER, PAS LE PLOMB !

— Cesse de crier, Jack !!! Il ne faut pas confondre prix et valeur.

— DÉSOLÉ, MAIS JE NE VOIS PAS LA DIFFÉRENCE !

— CESSE DE CRIER, JACK !!! Il y en a une, crois-moi.

— Non mais ça va pas ou quoi de hurler comme ça ?! De toute façon, je m'en fiche. J'ai au moins pu sauver ça…

Jack serre fort entre ses pattes 1 pièce d'or (notez-la sur votre fiche de personnage en précisant qu'elle est gardée par Jack). Un rapide coup d'œil vous fait comprendre que la situation est tendue. Outre les galèns qui vous encerclent et vous dévisagent, nombre de leurs congénères vous tiennent en joue avec des arbalètes miniatures.

Si vous êtes magicien et que vous connaissez une certaine Mafalda, allez au **163**. Sinon, allez au **56**.

108

Ces curieux petits bonhommes sont intrigants. Qui sont-ils ?...

— Des galèns, maître.

— Quoi ?

— Ce sont des galèns. C'est écrit dans mon encyclopédie. Des êtres de boue ne pensant qu'à construire des choses en plomb. Ils vouent aussi une adoration maladive pour l'or et détiennent le secret de l'élixir : un liquide permettant justement de transformer l'or en plomb.

— Ça explique la réserve d'or, complétez-vous. Que voilà un bien étrange peuple…

Un rapide coup d'œil vous fait comprendre que la situation est tendue. Outre les galèns qui vous encerclent et vous dévisagent, nombre de leurs congénères vous tiennent en joue avec des arbalètes miniatures.

Si vous êtes magicien et que vous connaissez une certaine Mafalda, allez au **163**. Sinon, allez au **56**.

109

Marqués par ces violents affrontements, les soldats vous rejoignent. Gravement blessé et à la traîne, l'un d'entre eux se fait rattraper et occire par un golem particulièrement pugnace (supprimez un éclaireur de votre fiche de personnage).

Obstinément, vous poursuivez vers l'est, laissant les golems dans votre dos. Un

peu plus loin, le sol se réchauffe brusque-
ment. Des fumeroles rampent entre d'innombrables cavités rougeoyantes.

— Nous sommes dans une zone volca-
nique, annoncez-vous. Faites très attention
où vous mettez les pieds.

Jack saute aussitôt sur votre épaule.

— Attention, les gars! rajoute-t-il. Une
irruption est toujours possible!

— On dit « éruption », Jack.

— Pour de la lave, oui. Mais quand elle
a des bras et des jambes c'est autre chose...

Retournez sur la carte et prenez la route
du Volcan du Levant (#100). N'oubliez
pas de jouer la règle des rencontres
aléatoires.

110

— Évidemment. En plus, je suis le seul
chevalier au monde capable de réussir cette
mission!

Le moral de Jack est au plus haut et
vous n'avez pas longtemps à argumenter

pour le convaincre de se lancer dans cette aventure.

Allez au **140**.

111

En cet instant crucial, vous détenez peut-être un objet qui pourrait se révéler fort utile…

Si c'est le bâton des lutins, allez au **172**. Si c'est le sabre sélénique, allez au **94**. Si c'est l'arc du croissant, allez au **162**. Si c'est le cristal de Saturnia, allez au **165**. Si vous n'avez aucun de ces objets, allez au **170**.

112

Vous devez affronter un golem de cristal ayant réussi à anticiper votre feinte. Vous vous battez seul, car vos éclaireurs harcèlent d'autres adversaires.

GOLEM DE CRISTAL

Habileté : 6   Points de vie : 30

Vainqueur, vous pouvez récupérer un cristal de roche particulièrement beau. Il pourra être revendu 10 pièces d'argent dans n'importe quelle boutique.

Ensuite, tout le monde se regroupe (allez au **19**).

113

Le monstre s'écroule comme un château de cartes.

— Il l'a dans l'os, commente Jack en se frottant les mains. Bon débarras.

Mais votre petit compagnon déchante vite. Les os s'animent d'eux-mêmes et se rassemblent pour reformer l'impressionnante carcasse !

— Félicitations, jeune humain, déclare le dragon-squelette. Tu m'as vaincu et tu es digne de recevoir mon aide. Si tu tues Marfaz, mon âme pourra retourner au pays des dragons.

Allez au **71**.

114

Voilà une occasion en or d'obtenir un composant permettant de fabriquer l'arc du croissant.

— Avez-vous un boyau de dragon ? demandez-vous, intéressé.

— Vous avez de la chance ! Il m'en reste justement un ! Mais comme c'est très rare, je vous le vends 5 pièces d'argent.

Vous commencez à maîtriser à la perfection l'étrange langue utilisée dans cette taverne.

Si vous achetez le boyau, payez et allez au **124**. Si vous préférez ne pas conclure l'affaire, retournez au **40**.

115

Battant vaillamment des ailes, vous parvenez à dévier la trajectoire du dragonnet. Il s'empale sur le rocher et meurt sur le coup.

— Bien joué, maître Aigle !

Vous reprenez forme humaine. Vous pouvez récupérer une griffe de dragon. Elle augmentera de 8 points les dégâts infligés à un adversaire lors d'un assaut.

Empressez-vous de rejoindre vos hommes au **55**.

116

— Combien y-a-t-il de baronnies du Sud ! déclarez-vous haut et fort.

Bravo ! Vous avez posé la bonne question. Vous gagnez 2 pièces d'argent et votre billet pour le tour suivant.

Misez 2 pièces d'argent. La réponse ne tarde pas. Elle porte sur l'actualité.

— Un ours maudit.

Faites un jet de savoir (ND 7). Réussi, allez au **126**. Manqué, vous êtes éliminé et devez retourner au **40**.

117

Comparée à celle de Shap, la boutique de Wello n'est pas très achalandée. Mais qu'importe, il y a quand même de quoi parfaire votre équipement avant la grande bataille.

OBJETS	EMPL.	PRIX
POTION MINEURE	Sac à dos	5 pièces d'argent
Permet de récupérer 10 points de vie		
ANTIDOTE	Sac à dos	5 pièces d'argent
Annule le statut empoisonné		
EAU BÉNITE	Sac à dos	5 pièces d'argent
Annule le statut maudit		
ÉPÉE DE BASE	Main droite	10 pièces d'argent
Réservée aux guerriers, évite le malus de -3 aux dégâts infligés		
COTTE DE MAILLE	Corps	10 pièces d'argent
Réservée aux guerriers, évite le doublement des blessures reçues		
ARC DE BASE	Main gauche	10 pièces d'argent
Réservé aux archers, évite le malus de -3 aux dégâts infligés		

OBJETS	EMPL.	PRIX
FLÈCHES DE BASE	Main droite	10 pièces d'argent
Réservées aux archers, évitent le malus de -3 aux dégâts infligés		
VESTE DE CUIR DE BASE	Corps	10 pièces d'argent
Réservée aux archers, évite le doublement des blessures reçues		
BÂTON DE BASE	Main droite	10 pièces d'argent
Réservé aux druides, évite le malus de -3 aux dégâts infligés		
TUNIQUE DE BASE	Corps	10 pièces d'argent
Réservée aux druides, évite le doublement des blessures reçues		
BAGUETTE MAGIQUE DE BASE	Main droite	10 pièces d'argent
Réservée aux magiciens, évite le malus de -3 aux dégâts infligés		
TOGE DE BASE	Corps	10 pièces d'argent
Réservée aux magiciens, évite le doublement des blessures reçues		

Une fois vos achats terminés, vous sortez retrouver l'armée de Jeld au 135.

118

La plaine est vaste et monotone. De nombreux cratères la parsèment. Soudain :

Baoum !!!

Une énorme masse percute le sol dans un jaillissement de poussière.

— Hé ! s'écrie Jack. Ils sont pas bien ici, ou quoi ? Où est-elle, cette catapulte qui nous bombarde sans crier gare ?

— Je ne crois pas qu'il s'agisse d'une catapulte, Jack.

— Ah bon ? Et c'est quoi alors ? Une fronde géante, peut-être ?

— Non, une météorite.

— Une quoi ?!

— Un gros caillou venant du ciel. Un jour, j'ai entendu les astronomes de Gardolon en parler.

— Monsieur côtoie des astronomes maintenant ?

Peu après, un véritable déluge de météorites s'abat sur la plaine. Testez votre chance. Chanceux, vous n'êtes fort heureusement pas blessé. Malchanceux, vous êtes touché et perdez 2 points de vie.

— On dirait que le temps se gâte, maître…

— Traversons la plaine ! En avant !

— Allez, les gars ! Au « dribble » pas de course ! ajoute Jack, rebondissant à qui mieux mieux.

Observez bien la carte de la plaine. Vous débutez votre traversée sur la case notée « D ». Il vous faut passer la ligne notée « A ».

Compte tenu de la situation de panique, vos bonds sont difficiles à contrôler. D'abord, vous devez décider dans quelle direction vous allez avancer. Vous pouvez avancer dans toutes les directions (verticale, horizontale ou diagonale). Pour chacun d'eux, lancez un dé. Le résultat correspond au nombre de cases parcourues dans la direction choisie. Si vous dépassez un des bords qui n'est pas noté « A », restez sur la case touchant ce bord.

À chaque fois que vous atterrissez sur une case occupée par un cratère, vous perdez du temps pour en sortir et devez tester votre chance pour savoir si une météorite vous touche (si c'est le cas, vous perdez 2 points de vie).

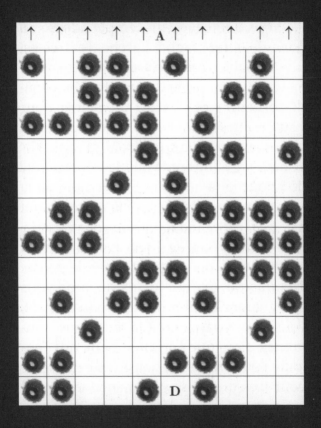

LA PLAINE LUNAIRE

Une fois la plaine traversée, vous constatez qu'un de vos hommes s'est malheureusement fait écraser (supprimez un éclaireur de votre fiche de personnage).

Vous apercevez un temple adossé au flanc de la montagne. L'arche d'entrée est une véritable prouesse artistique : le rocher a été taillé en forme de dragon. Vous bondissez entre ses pattes de pierre pour vous mettre à l'abri. À l'intérieur, dans la pénombre, il fait un froid glacial. Vos hommes grelottent. Vous leur ordonnez de retourner à la lumière de la nuit, où la température est bien plus clémente. Quant à vous, il est grand temps de vous couvrir.

Un manteau de fourrure en renard argenté vous permettra d'éviter de perdre 4 points de vie. Des gants de laine vous épargneront 2 points de vie. Étonnamment, vous n'avez pas froid à la tête. Vous comprenez alors que l'étrange bulle qui l'entoure vous protège. Il doit en être de même pour Jack qui ne se plaint aucunement. Il vous attend, en roulant autour d'un squelette humain.

— Regarde, dit-il fièrement. J'ai trouvé Nielle Ombo, la magicienne exploratrice !

Vous êtes face à un squelette de femme, reposant paisiblement et encore habillée d'une magnifique robe blanche.

— Dis-donc, commente Jack. Elle n'est pas fraîche leur guide, à ces luniens.

— Tu veux dire sélénites ?

— Non, les habitants de la lune. Les Luniens, quoi !

— Mais qu'est-ce que tu racontes ? Nous ne sommes pas sur la lune.

— Mais si !

— Arrête de raconter des sornettes, Jack...

Faisant la moue, la petite grenouille se repenche sur le squelette.

— T'as vu ? Elle n'a pas de bulle autour de la tête.

— En effet. Fouillons ce temple, puis rejoignons nos hommes.

Vous commencez à examiner les lieux.

Si vous êtes guerrier et que vous connaissez une certaine Mafalda, allez au **58**. Si vous êtes magicien ou druide, allez au **128**. Si vous êtes archer, allez au **68**.

119

Vous sortez le médaillon de votre sac et le brandissez devant leurs becs. En le voyant, elles gazouillent à l'unisson.

— C'est leur médaillon, maître ! Il faut le leur rendre.

— Tiens, Jack, à toi l'honneur…

Jack prend le médaillon magique (rayez-le de votre fiche de personnage) et le passe autour du cou d'une hirondelle.

— Tiens, prêtresse. Jack le chevalier, héros des baronnies et pourfendeur des démons, te rend ton médaillon, déclare-t-il solennellement.

Aussitôt, dans un flash aveuglant, l'hirondelle se transforme en une superbe femme-oiseau au plumage noir et blanc.

— Merci, dit-elle en souriant. Ce médaillon ne m'a pas redonné mon apparence normale, mais c'est déjà bien mieux comme ça. Soyez bénis.

Notez que vous avez reçu la bénédiction de Galland. Elle vous permettra d'annuler une rencontre aléatoire lors d'un prochain déplacement sur la carte.

Quittez le temple au **6**.

120

— Comment ?! Après ce que tu m'as fait ?! Il n'en est pas question !

Jack est rancunier, mais on le serait à moins. Il va falloir faire preuve d'un grand sens de la négociation pour le convaincre de se jeter dans cette aventure. Lancez un dé.

Si vous obtenez 4 ou plus, allez au **140**. Sinon, allez au **150**.

121

Votre flèche se plante violemment dans le cou du dragonnet, arrachant à la créature un cri assourdissant. Furieux, le reptile se

DRAGONNET MAUDIT (Blessé)
Habileté : 18   Points de vie : 35

retourne, s'envole et pique sur vous, tel un prédateur enragé.

Pendant ce temps, vos hommes chargent les épouvantails maudits. Les pantins maladroits sont balayés comme des fétus de paille.

Combattez le dragonnet (attention, vous êtes seul et ne bénéficiez pas du bonus de vos éclaireurs)!

Si vous le terrassez, vous pouvez récupérer une griffe de dragon. Elle augmentera de 8 points les dégâts infligés à un adversaire lors d'un assaut.

Possédez-vous une côte et un os pointu de dragon?

Si tel est le cas, allez au **134**. Sinon, empressez-vous de rejoindre vos hommes au **55**.

122

Vous enfilez vos gants et finissez par arracher un boyau sanguinolent. Notez que vous possédez un boyau de dragon.

Empressez-vous de rejoindre vos hommes au **55**.

123

Votre groupe tout entier, vous y compris, succombez aux puissantes attaques du dragon-squelette. Alors que vous poussez vos derniers soupirs, agonisant dans l'herbe ensanglantée, vous vous sentez soulevé comme des plumes. Un étrange halo doré vous entoure.

Peu après, vous voilà sur pied, comme si rien ne s'était passé !

Vous récupérez tous vos points de vie et obtenez le statut sain. Tous vos éclaireurs sont aussi ressuscités, y compris celui qui s'était fait broyer dans les mâchoires du monstre (10 hommes se trouvent de nouveau à vos côtés). Notez tout cela sur votre fiche de personnage.

— Haar, harr, haar ! Pauvres humains ! ricane le dragon-squelette. Renoncez à tuer le démon Marfaz. Vous n'êtes pas de taille. Partez et ne m'importunez plus…

L'esprit habité par le doute, vous saluez la créature et redescendez la colline.

> Choisissez votre route sur la carte. Vous pouvez aller vers la Taverne des Miracles (#40) ou vers la Grotte des Galèns (#60). N'oubliez pas de jouer la règle des rencontres aléatoires.

124

Vous vous êtes malheureusement fait berner. Le boyau qu'on vous a vendu n'a rien à voir avec celui d'un dragon. C'est un boyau de bovin que vous venez d'acheter au prix fort !

— Maître, je suis désolé de te le dire, mais tu es une vache à lait ! ironise Jack.

Vexé, vous vous tournez immédiatement vers le roublard. Mais il a malheureusement déjà disparu.

> Retournez au **40**.

125

Votre adversaire résiste et vous vous écrasez tous deux sur un plateau rocheux (vous perdez 4 points de vie).

Gravement blessé, le dragonnet ne décolère pas et charge rageusement. Combattez-le (n'oubliez pas que vous bénéficiez du bonus de votre talent « totem aigle », mais pas de celui de vos éclaireurs).

Si vous le terrassez, vous pouvez récupérer une griffe de dragon. Elle augmentera de 8 points les dégâts infligés à un adversaire, lors d'un assaut.

Vous reprenez forme humaine.

Empressez-vous de rejoindre vos hommes au **55**.

126

— Qui a tué le baron Telfor de Wello ?

Félicitations ! Vous avez encore posé la bonne question. Vous gagnez 4 pièces d'argent et votre billet pour le dernier tour.

DRAGONNET MAUDIT (Mortellement blessé)
Habileté : 8   Points de vie : 16

Misez 3 pièces d'argent. La réponse suivante est donnée. Elle porte sur la théologie.

— Fenryr.

Faites un jet de savoir (ND 8). Réussi, allez au **136**. Manqué, vous êtes éliminé et devez retourner au **40**.

127

Tout à coup, une voix que vous n'aviez surtout pas envie d'entendre retentit en contrebas.

— Au secours, maître! Je suis gravement blessé! Viens me chercher!

Tenaillé entre colère et anxiété, vous faites demi-tour et dévalez la pente. Dans la précipitation, vous prenez des risques inconsidérés. Faites un jet de dextérité (ND 7). Réussi, vous atteignez Jack sans encombre. Manqué, vous trébuchez et faites plusieurs roulades avant de pouvoir le rejoindre (vous perdez 2 points de vie).

Vous vous inquiétez aussitôt de l'état de santé de votre petit compagnon.

— T'inquiète pas, maître. Tout va bien.

— Mais tu viens de dire que tu étais gravement blessé !

— Je sais, mais c'était pour que tu viennes plus vite.

— Tu connais l'histoire du garçon qui criait au loup tout le temps ?

— Non ! Avouez que c'est une méthode de chef. Efficace, n'est-ce pas ?…

— Ok. Tais-toi, Jack.

Allez au **137**.

128

Les parois sont parsemées d'inscriptions kabbalistiques. La plupart d'entre elles se rapportent au dieu Lunaris et à son lien avec les Séléniques. Ces créatures sont décrites comme des humanoïdes filiformes aux yeux globuleux.

Elles se nourrissent de poussière de roche, mais ont un fâcheux penchant pour l'anthropophagie. Il semble que Nielle Ombo ait réussi à canaliser ces tendances

Des humanoïdes filiformes aux yeux globuleux

pernicieuses; ce qui a fait d'elle le guide légitime de ce peuple. Lorsque vous expliquez tout ceci à Jack, sa réaction est d'une logique implacable :

— Maintenant, ce sont des plantes herbivores. Mais sans cette malédiction, ce serait des créatures cannibales. Je suis d'avis de les laisser plantées là, maître…

Allez au **138**.

129

Vous préparez dans l'urgence une stratégie.

— Jack, es-tu prêt à jouer le rôle du chef ?

— Évidemment ! Je dois faire quoi ?

— Tu vas faire diversion. Faufile-toi au milieu des golems. Petit et rapide comme tu es, ils ne pourront pas t'attraper.

— Euh… C'est-à-dire que…

— Je suis certain que tu feras un bon chef !

Piégé, Jack ne peut refuser. Il bondit au milieu des créatures et les attire comme un aimant.

— En avant, soldats ! ordonnez-vous.

Arme au poing, vous vous ruez dans le dos des golems ; exploitant à fond l'effet de surprise.

Faites un jet de dextérité (ND 7). Réussi, allez au **176**. Manqué, allez au **112**.

130

— C'est vrai que je suis le seul chevalier au monde capable de réussir cette mission ! Mais je dois t'avouer que je n'ai aucune envie d'y aller...

Jack est tiraillé entre ses désirs d'héroïsme et les avertissements dictés par son instinct de survie. Il va falloir argumenter pour le convaincre de se lancer dans cette aventure.

Lancez un dé. Si vous obtenez 3 ou plus, allez au **140**. Sinon, allez au **150**.

131

Votre tir est imprécis et la flèche se plante dans une cuisse du dragonnet arrachant à la créature un cri assourdissant. Furieux, le reptile se retourne, s'envole et pique sur vous, tel un prédateur enragé.

Pendant ce temps, vos hommes chargent les épouvantails maudits. Les pantins maladroits sont balayés comme des fétus de paille.

Combattez le dragonnet (attention, vous êtes seul et ne bénéficiez pas du bonus de vos éclaireurs) !

Si vous le terrassez, vous pouvez récupérer une griffe de dragon. Elle augmentera de 8 points les dégâts infligés à un adversaire lors d'un assaut.

Possédez-vous une côte et un os pointu de dragon ?

Si tel est le cas, allez au **134**. Sinon, empressez-vous de rejoindre vos hommes au **55**.

DRAGONNET MAUDIT (*Blessé*)
Habileté : 18   Points de vie : 35

132

La froideur de ces entrailles est difficile à supporter. Vous insistez en serrant les dents et finissez par arracher un boyau sanguinolent. Mais plonger vos mains dans ce corps maudit n'est pas sans effet. Vous perdez 5 points de vie et obtenez le statut maudit.

Notez que vous possédez un boyau de dragon.

> Empressez-vous de rejoindre vos hommes au **55**.

133

Vous chevauchez à brides abattues et quittez la colline du dragon. Durant un bref instant, vous avez le désagréable pressentiment qu'il va s'envoler et piquer sur vous. Heureusement, il n'en est rien.

Choisissez votre route sur la carte. Vous pouvez aller vers la Taverne des Miracles (#40) ou vers la Grotte des Galèns (#60). N'oubliez pas de jouer la règle des rencontres aléatoires.

134

Vos hommes ont besoin de vous. Mais il faut aussi penser à votre combat prochain contre Marfaz. Vous dépecez prestement la créature et tentez de lui arracher un boyau.

— Beuurk... C'est répugnant, commente Jack, dont la peau orangée vire soudainement au jaune pâle.

Mais vous ressentez une vive douleur ; comme si les entrailles de la bête continuaient à se défendre en vous lançant un sortilège de glace.

Possédez-vous des gants de laine ?

Si tel est le cas, allez au **122**. Sinon, allez au **132**.

135

Peu après, l'armée de Wello se met en marche vers la frontière. Masquant le soleil couchant, la sombre silhouette du volcan vous fait face. Arrivé près du lieu où doit logiquement se faire la jonction, vous descendez du cheval qu'on vous a prêté et gravissez la pente abrupte en compagnie de vos fidèles éclaireurs.

Posté sur un promontoire rocheux, situé tout près du sommet, vous scrutez l'ouest avec appréhension.

Allez au **160**.

136

— Qui est le dieu du feu et de la guerre, représenté par un loup ?

Excellent ! Vous êtes incollable sur les divinités des baronnies du Sud. Vous gagnez 6 pièces d'argent et quittez la table, sous les applaudissements de pieds du public.

Allez au **40**.

137

Il faut gagner Wello à tout prix. Vous saisissez la grenouille d'un geste ferme et entamez une course effrénée sur les pentes abruptes et friables du volcan.

Le souffle court, vous et vos éclaireurs êtes au bord de l'épuisement (vous perdez 2 points de vie).

Lancez un dé. Si le résultat est égal à 3 ou plus, allez au **168**. Sinon, allez au **48**.

138

Au plafond, vous remarquez une cheminée naturelle obstruée par une paroi de verre bombé. En roulant au-dessous, Jack pousse un cri d'étonnement.

— Wow ! Les baronnies !

— Mais qu'est-ce que tu racontes ? demandez-vous.

Vous vous précipitez pour vérifier de vos propres yeux les dires de Jack. La paroi de verre est en fait une énorme lentille grossissante. À votre grande surprise, vous découvrez les baronnies comme si vous les regardiez depuis le ciel !

— Incroyable ! déclarez-vous, complètement éberlué. Je n'y comprends rien.

— C'est pourtant simple, répond Jack. On est sur la lu…

— Tais-toi ! J'en ai assez vraiment de tes balivernes !

Passablement perturbé par ces images, vous saisissez délicatement le crâne de la magicienne et ressortez du temple. La température est à nouveau supportable. Si vous portez des habits chauds, ils sont maintenant superflus. Plutôt agités, vos hommes sont heureux de vous revoir. Le regard rivé sur le ciel étoilé, vous traversez prestement la plaine. Heureusement, aucune météorite ne vient perturber votre procession bondissante. Vous retrouvez peu après les plantes séléniques.

— Elles sont moins nombreuses que tout à l'heure, déclarez-vous.

— Et voilà… Elles ne m'ont pas écouté, ces gourmandes… ajoute Jack, dépité.

Si vous avez la bénédiction de Lunaris, supprimez-la de votre fiche de personnage et allez au **59**. Sinon, allez au **178**.

139

Votre inventivité est une nouvelle fois mise à l'épreuve. Vous bandez votre arc et décochez plusieurs flèches en direction des cristaux les plus fragiles. Les impacts, redoutablement précis, les font éclater sur le coup. Les débris pleuvent sur les golems qui ne savent plus où donner de la tête. Vous profitez de cet instant propice pour vous ruer en avant.

Testez votre chance. Chanceux, vous traversez sans la moindre anicroche. Malchanceux, des golems de cristal croisent malencontreusement votre chemin et vous forcent à les affronter (avec l'aide de vos éclaireurs, évidemment).

GOLEMS DE CRISTAL
Habileté : 20   Points de vie : 100

Une fois l'armée maléfique passée, allez au **19**.

140

Vous avez su trouver les mots justes. Le moral remonté à bloc, Jack bondit vers le pied du volcan. Il s'arrête et observe longuement les nombreux orifices. Enfin, il finit par s'engouffrer dans le moins fumant.

— Aie confiance, maître ! déclare-t-il tout en disparaissant dans l'obscurité. Je reviendrai avec les renforts !…

Un déplaisant sentiment d'inquiétude vous saisit aux tripes. Si vos calculs sont bons, c'est sur les pentes du volcan que va se dérouler la grande bataille. Il faut s'y rendre prestement.

— Allez, on grimpe ! ordonnez-vous à vos hommes.

Vous commencez à gravir la montagne fumante. La roche est friable et poussiéreuse. Ce décor inhospitalier est sans commune mesure avec les vertes prairies de

Wello, cachées juste derrière. C'est avec cette image bucolique à l'esprit que vous poursuivez l'ascension.

Une fois parvenu non loin du sommet, vous vous arrêtez sur un promontoire rocheux et profitez de la magnifique vue sur la plaine de Wello. Où peut bien être Jack en cet instant? Peut-être est-il déjà en train de fouler l'herbe grasse? Peut-être est-il perdu dans les sombres galeries du volcan?…

Votre curiosité est trop forte. Vous sortez la boule de vision de Joline et l'observez attentivement. Peu à peu, une image apparaît dans la sphère. Vous voici à la place de Jack!

Allez au **146**.

141

— Je me charge du dragonnet, déclarez-vous. Soldats, foncez sur les épouvantails. Avec un peu de chance, les autres créatures prendront peur et fuiront.

Vous vous concentrez intensément et prenez l'apparence d'un aigle! Bondissant sur votre dos, Jack dégaine son épée.

— Envole-toi, maître! Pourfendons ce dragon-gringalet!

Vous prenez votre envol. Surplombant votre proie, vous piquez sur elle dans le silence d'un souffle d'air. Vos redoutables serres déchiquettent les ailes de la créature. Votre puissant bec s'enfonce profondément dans sa gorge et elle finit par tomber, vous entraînant aussi. Durant la chute, un terrible corps à corps s'engage (vous perdez 3 points de vie).

Apercevant un rocher saillant, vous tentez de détourner le dragonnet vers la lame de roche. Mais il ne se laisse pas faire et se débat frénétiquement.

Faites un jet de dextérité (ND 6). Réussi, allez au **115**. Manqué, allez au **125**.

142

Vous vous concentrez intensément et lancez le sortilège. Un déchaînement de

DRAGONNET MAUDIT
Habileté : 22   Points de vie : 44

foudre percute la montagne, provoquant une déferlante de rocs meurtriers. Malheureusement, seuls les maladroits épouvantails se laissent surprendre. Il y a encore fort à faire avec les autres.

Tout d'abord surpris, le dragonnet se reprend vite. Furieux, il s'envole et pique sur vous.

— Attaquez les squelettes ! ordonnez-vous immédiatement à vos hommes.

Les éclaireurs chargent d'instinct, poussant des cris rageurs.

Le dragonnet vous fait maintenant face. Combattez-le (attention, vous êtes seul) !

Si vous le terrassez, vous pouvez récupérer une Griffe de dragon. Elle augmentera de 8 points les dégâts infligés à un adversaire lors d'un assaut.

Vous rejoignez vos hommes. Ils ont réussi à terrasser les squelettes maudits, mais ont perdu 2 compagnons dans l'effroyable mêlée (supprimez 2 éclaireurs de votre fiche de personnage).

Aucunement effrayées, les araignées géantes s'avancent imperturbablement.

Allez au **65** pour les affronter.

143

Soudain, une rixe éclate parmi vos hommes !

— Mais ils sont fous, ou quoi ?! s'exclame Jack. Ils vont s'entretuer !

— Arrêtez ! ordonnez-vous en hurlant.

Fort heureusement, vous parvenez à calmer les soldats avant que leur frénésie n'ait fait de victimes. Mais quelques coups perdus vous coûtent 1 point de vie.

— Je crois que j'ai compris pourquoi ils ont fait ça, déclarez-vous.

— Ah bon ? Qu'est-ce qui leur a pris, alors ? demande Jack, totalement déconcerté.

— Le sabre bloquait le pouvoir de zizanie de Lunaris. Il vaut mieux ne pas traîner ici. Allons chercher le crâne de Nielle Ombo et partons.

Retournez dans le temple au **138**.

144

La grenouille prend une pleine brassée de pièces d'or et la fourre dans votre sac, sautant énergiquement dessus pour bien les tasser. Soudain, un petit bruit de grignotage attire votre attention. Il provient de votre sac !

Vous le videz aussitôt et découvrez une pièce aux gravures mouvantes. Elle est en train de manger une de vos pièces d'argent !

— Une pièce argentophage !

Vous la saisissez et la jetez au loin. Mais le mal est déjà fait. La malicieuse pièce d'or a déjà dévoré une partie de vos économies. Lancez un dé et ajoutez 5 pour connaître le nombre de pièces d'argent qu'il vous faut supprimer de votre fiche de personnage.

— Et voilà, Jack. À cause de ton avidité, nous avons perdu de l'argent !

— Peut-être, mais nous avons gagné des pièces d'or !

Allez au **161**.

145

— Ce superbe coussin contient des kilomètres de fil d'or, argumentez-vous. Il y a de quoi faire plein de belles choses en plomb bien plus qu'avec ton cristal.

Ploo s'arrête de trépigner.

— Gné...

Il contemple longuement son cristal, puis votre coussin. Enfin, il se décide à faire l'échange (rayez le coussin de satin doré de vos possessions et remplacez-le par le cristal de Saturnia).

Une fois le troc effectué, les galèns retournent de l'autre côté du pont en ricanant.

— Gné, Gné, Gné...

Allez au **59**.

146

— Allez, chevalier Jack! murmure la grenouille. Ce n'est pas le moment de flancher!

Rampant, la peur au ventre dans l'étroite et sombre galerie, Jack est bien décidé à traverser ce maudit volcan.

Dans cette épreuve, vous allez diriger Jack. Il débute cette aventure à l'entrée située en haut à droite (elle est marquée d'une flèche). Pour ses déplacements, lancez un dé et avancez du nombre de cases correspondant.

Dans la première partie de la traversée, la fumée s'échappant du cratère envahit les lieux. À chaque fois que Jack tombe sur une case notée « 🗲 », il est pris d'une violente quinte de toux, car l'endroit est irrespirable.

Si cela lui arrive quatre fois, Jack fait immédiatement demi-tour et vous rejoint en toussant au **127**.

Arrivé au fond du cratère, vous apercevez une énorme créature aux allures d'insecte. C'est le démon Marfaz! Il grimpe au sommet de la bouche du volcan. Par chance, il n'a pas vu votre compagnon. Par contre, d'innombrables diablotins volètent un peu partout. Jack se fait tout petit et marche sur la pointe des pattes.

Poursuivez votre chemin vers une des sorties (elles sont marquées par des flèches). À chaque fois que Jack tombe sur une case notée « 👽 », il doit se battre contre un diablotin et lancer le dé.

Entre 1 et 5, Jack lui coupe les ailes avec son épée. Si vous faites 6, la créature met en fuite Jack et il vous rejoint ventre à terre au **127**.

Si Jack atteint une sortie, il respire l'air frais avec bonheur en contemplant la prairie de Wello. Cette victoire mérite bien une récompense et Jack s'octroie un moment de pause pour déguster quelques papillons malchanceux. Ensuite, il file vers le château de Wello.

— Bravo, Jack! Tu as été fantastique! s'exalte-t-il.

Pendant que la grenouille accourt chercher des renforts, l'image se dissipe dans la boule de vision.

Allez au **167**.

147

En jouant sur son pseudo-titre de chef, vous parvenez à convaincre Jack.

Tout tremblotant, il roule lentement vers le bord du gouffre.

— Nous sommes avec toi, Jack. Attends-nous à la sortie ! dites-vous pour le rassurer.

Après une longue hésitation, il se décide à s'élancer.

Testez votre chance. Chanceux, allez au **88**. Malchanceux, il s'élance à l'instant même où un jet se produit (allez au **158**).

148

Intérieurement, vous n'êtes même pas convaincu que sauter soit le bon choix. Mais dans votre esprit, les paroles de l'instructeur royal résonnent telles des cloches sonnant le glas de vos peurs.

— Vous serez sûrement amené à prendre des décisions difficiles. Même si les certitudes vous font défaut, sachez suivre votre intuition et agissez. C'est aussi à ça qu'on reconnaît les vrais héros.

Inspirant un grand coup pour vous donner du courage, vous attendez un ultime jet de vapeur et lancez aussitôt le compte à rebours.

— Trois… Deux… Un… Go!

Vous vous jetez dans le vide. Testez votre chance. Si vous êtes druide, enlevez 2 au jet de dé, car vous ressentez mieux que personne les caprices de l'étrange phénomène vaporeux.

Si vous êtes chanceux, vous plongez dans le néant à l'instant opportun. Sinon, vous plongez au moment même où jaillit un jet de vapeur (vous perdez 5 points de vie).

Si vous êtes toujours en vie, tout le monde se retrouve, comme par magie, les fesses par terre, au beau milieu des Monts de la Lune! Les mystérieuses bulles entourant Jack et vos têtes ont disparu. Vous levez les yeux au ciel et apercevez la lune. Vous ne l'aviez jamais regardée ainsi.

— Je suis bien content de retrouver cette bonne vieille terre! déclare Jack en attrapant un mille-pattes. La lune est grise et dangereuse. Je ne veux plus y aller!

— Ce que tu peux être têtu, Jack, répondez-vous en soupirant. On dit que seuls les imbéciles ne changent pas d'avis…

— Comme quoi les lunatiques sont des génies ! ironise la grenouille en dégustant son festin. Slurps…

Tout le monde se met à rire, plus par nervosité que par joie. L'étonnante aventure du Cirque Sélénique est terminée et il faut maintenant revenir à la dure réalité : affronter Marfaz et son armée.

Retournez sur la carte et prenez la route du Volcan du Levant (#100). N'oubliez pas de jouer la règle des rencontres aléatoires.

149

Une idée lumineuse vous vient alors à l'esprit. Après avoir ordonné un rassemblement en rangs serrés, vous vous concentrez intensément et créez une illusion faussant les reflets des cristaux. Vous parvenez ainsi à rendre votre groupe invisible aux yeux des golems !

— Nous sommes devenus des fantômes, chuchotez-vous. En avant et sans bruit…

Une fois l'armée maléfique passée, allez au **19**.

150

Il n'y a rien à faire. Jack refuse de s'engouffrer dans les galeries du volcan.

— Je ne suis pas une taupe, je suis un chevalier! justifie-t-il, obstinément.

Allez au **137**.

151

Débarrassés des épouvantails, vous gardez la même stratégie et approchez sournoisement des squelettes maudits. Malheureusement, ils se rendent compte de votre présence et font volte-face.

Arrachant leurs têtes incandescentes, ils vous bombardent sauvagement!

Tentez votre chance. Chanceux, les crânes maudits ne touchent personne. Mal-

DRAGONNET MAUDIT

Habileté : 22   Points de vie : 44

chanceux, vous êtes frôlé par un de ces projectiles morbides et perdez 3 points de vie.

La rixe a alerté le dragonnet qui fonce sur vous en rugissant.

— Deux hommes avec moi ! Les autres, attaquez les squelettes ! ordonnez-vous immédiatement.

Les éclaireurs chargent d'instinct les êtres sans chairs, poussant des cris rageurs.

Le dragonnet vous fait maintenant face. Combattez-le (attention, vous n'avez que deux éclaireurs en renfort) !

Si vous le terrassez, vous pouvez récupérer une griffe de dragon. Elle augmentera de 8 points les dégâts infligés à un adversaire lors d'un assaut.

Vous rejoignez vos hommes. Ils ont réussi à terrasser les squelettes maudits, mais ont perdu 2 compagnons dans l'effroyable mêlée (supprimez 2 éclaireurs de votre fiche de personnage).

Aucunement effrayées, les araignées géantes s'avancent imperturbablement.

Allez au **65** pour les affronter.

ÉPOUVANTAILS MAUDITS
Habileté : 10   Points de vie : 40

152

Assumez votre manque de discrétion et combattez les épouvantails (n'oubliez pas que les éclaireurs sont à vos côtés).

Si vous remportez la victoire, allez au **9**.

153

Cette belle partie de boules vous permet de prendre la fuite sous les huées des galèns.

— Gné, gné, gné!… Scrounch!…

Vous voici de retour dans la galerie pentue.

N'ayant pas d'autres alternatives, vous grimpez au **66**.

154

— Non, Jack! Je ne te laisserai pas faire.

— Non mais, t'es pas bien ou quoi, maître ?! Regarde, y'a qu'à se baisser et ramasser le pactole ! T'as perdu la raison !

— Je crois que c'est toi qui as perdu la raison. Cet or te monte à la tête !

— Bon… Eh bien, si tu ne veux pas me prêter ton sac, je vais utiliser les besaces de mes fidèles soldats…

Allez au **161**.

155

Il n'y a rien à faire. Ploo ne se décide pas à se séparer de son cristal. Il sautille devant votre coussin, mais ne peut s'en saisir. Finalement, il décide de régler ce différent par la force. Combattez-le seul à seul !

Si vous êtes vainqueur, vous récupérez le cristal, mais êtes obligé de laisser le coussin à ses congénères (rayez le coussin de satin doré de vos possessions et remplacez-le par le cristal de Saturnia). Les galèns retournent ensuite de l'autre côté du pont la tête basse, mais en ricanant.

— Gné, Gné, Gné…

Allez au **85**.

156

— Bravo, Jack! clamez-vous haut et fort.

Mais votre petit compagnon voit rouge. Se remettant mal de ses décollages répétés, il répond sur un ton colérique.

— Bravo?! Non mais ça va pas ou quoi? Quand on ne sait pas faire rebondir un ballon, on s'abstient, espèce de maladroit!

— Excuse-moi. J'ai fait de mon mieux.

— C'est ça, oui. La prochaine fois que tu auras besoin de moi, n'y compte même pas, tête de fiole!

— Nous avons le sabre et cela grâce à toi. Merci, brave Jack.

— Pfff…

Notez sur votre fiche de personnage que vous possédez le sabre sélénique. Mais notez aussi que Jack est très fâché.

Allez au **143**.

157

Vous avez beau argumenter, rien n'y fait.
Jack ne se laisse pas convaincre.

— Tout le monde y va, ou personne !
conclut-il, fort irrité.

Allez au **98**.

158

La petite grenouille est propulsée à des
dizaines de mètres dans l'espace. Elle ne
retombe que longtemps après et ne s'arrête
qu'à l'issue de nombreux rebonds.

Votre petit compagnon est dans une
colère noire.

— Je ne risque rien, hein ? Tu te fiches
de moi, ou quoi ?!

— Excuse-moi. C'est un coup de
malchance.

— C'est ça, oui. Un coup de bélier, tu
veux dire ! La prochaine fois que tu auras
besoin de moi, ne demande même pas, tête
de fiole !

Notez sur votre fiche de personnage que Jack est très fâché.

Allez au **98**.

159

Une idée brillante vous vient alors à l'esprit. Les mains plaquées sur la roche, vous vous concentrez intensément sur les cristaux et générez une puissante vibration. Des tintements assourdissants retentissent. Les cristaux résonnent et commencent à s'effriter. Nombreux sont ceux qui éclatent violemment. Les débris pleuvent sur les golems qui ne savent plus où donner de la tête. Vous profitez de cet instant propice pour vous ruer en avant.

Une fois l'armée maléfique passée, allez au **19**.

160

En contrebas, la profonde saignée du défilé rocheux est animée d'une grande agitation. Au premier plan, l'armée de Marfaz marche droit sur vous. Amplifiés par les rochers, des cris inhumains ébranlent les pentes vertigineuses du volcan. Derrière, vous apercevez les lances brillantes de l'armée de Shap. Cavaliers et fantassins progressent à un rythme soutenu, conduits par le général Ambroise et la baronne Joline. Tout est fin prêt pour affronter Marfaz et sa maléfique armée.

Lorsque les forces démoniaques parviennent près du sommet, une énorme créature les rejoint. C'est un horrible démon pourvu de trois yeux et de multiples pattes crochues. Son apparence d'insecte géant est repoussante. Malgré la distance, vous pouvez déjà sentir ses relents soufrés et son aura maléfique. Marfaz est enfin devant vous !

Les cavaliers de Shap et de Wello se ruent au grand galop et convergent vers les forces du mal. Cette attaque en tenaille désorganise les rangs adverses. Marfaz avait parfaitement préparé son invasion, mais il ne s'attendait pas à être lui-même attaqué.

Derrière les chevaux aux harnachements scintillants, fantassins et archers se mettent en position. La double charge de la cavalerie est aussi brève que violente. Elle lamine et coupe en deux les troupes ennemies. Les hommes à pied se lancent à leur tour dans la mêlée, parfaitement organisés. Sous le couvert d'innombrables salves de flèches, lancées depuis l'arrière, les soldats de Shap se ruent sur le flanc sud et ceux de Wello, sur le nord. Leurs cris rageurs résonnent de mille échos.

Les pertes sont sévères dans les deux camps, mais les hommes prennent peu à peu l'ascendant. Au milieu de la cohue, le général Ambroise dirige vaillamment ses troupes. Son efficacité est impressionnante.

En proie à une rage folle, Marfaz s'écarte du champ de bataille et grimpe au sommet. Instinctivement, vous vous lancez à sa poursuite, suivi par vos fidèles éclaireurs.

Le général Ambroise a remarqué votre acte de bravoure. Son expérience lui permet de jauger rapidement vos chances. Il commande à ses chevaliers d'aller vous prêter main forte.

Si moins de cinq éclaireurs sont à vos côtés, allez au **173**. Sinon, allez au **174**.

161

Soudain, des bruits métalliques retentissent dans la cheminée. Un panier tressé en fils de plomb en sort soudainement et plonge dans le tas d'or. Quelques instants plus tard, la corde à laquelle il est suspendu se tend et il remonte lentement, rempli d'or.

— Mon or ! hurle Jack. Voleur !

Hystérique, la grenouille bondit et agrippe le panier en pleine ascension. Elle se laisse emporter dans la mystérieuse cheminée.

— Reviens, Jack ! ordonnez-vous fermement.

— Non ! Cet or est à mouaaa !...

La cheminée est bien trop haute. Il est impossible de suivre votre petit compagnon.

— Quel têtu ce Jack! pestez-vous. Sortons vite d'ici!

Vous rebroussez chemin et poursuivez l'ascension précipitamment sur la dangereuse pente. Testez votre chance. Chanceux, tout le monde grimpe vite et bien. Malchanceux, un éclaireur glisse et s'empale sur un rocher saillant (supprimez un éclaireur de votre fiche de personnage).

Après avoir gravi un raidillon digne des toitures les plus élancées de Gardolon, vous parvenez enfin à un palier. À ce niveau, une nouvelle galerie est creusée dans la roche, bordée par de nouvelles inscriptions.

↑ Col du Croissant
← Cité de Saturnia
↓ Réserve d'or

— Jack est certainement dans la Cité de Saturnia, déclarez-vous aux éclaireurs, sûr de votre sens de l'orientation. Allons-y !

Allez au **46**.

162

En confectionnant l'arc du croissant, vous avez, sans le savoir, reconstitué une antique cérémonie. Jadis, lorsque les Monts de la Lune étaient hantés par Wrass — un puissant dragon —, des chasseurs ont croisé le chemin d'une magicienne connaissant tous les secrets de la lune. Grâce à elle, ils ont confectionné le même type d'arc et ont réussi à vaincre le monstre.

Durant ce combat, vous ne pourrez l'utiliser qu'une seule fois. Sa flèche fera automatiquement perdre la moitié des points de vie à Marfaz. L'arme sera alors inutilisable (vous devrez la rayer de votre fiche de personnage après usage).

Maintenant, battez-vous au **170**.

163

Vous vous rappelez les déclarations de la voyante. Elle a précisé que les galèns adoraient l'or. Vous pourriez peut-être troquer un bel objet doré contre le cristal de Saturnia.

Possédez-vous un coussin de satin doré ? Si tel est le cas, allez au **164**. Sinon, allez au **56**.

164

Les galèns se jettent soudainement sur vous. Si des pièces d'or débordent de votre sac ou des besaces de vos éclaireurs, elles vous sont subtilisées en moins de temps qu'il n'en faut pour le dire et les étranges créatures piquent une colère noire. Sinon, les galèns se désintéressent rapidement de leur contenu ; ce qui a également pour effet de les irriter au plus haut point.

Vous sortez le coussin de votre sac et le brandissez fièrement. Les galèns poussent de petits cris d'émerveillement.

— Gno!

L'un d'entre eux s'avance. Son corps difforme est revêtu d'une armure de plomb ridicule et il tient dans ses mains quatre petites épées faites du même métal. À son semblant de cou pend un petit cristal de galène : du plomb à l'état brut. Son regard est rivé sur le coussin.

— Gné! Donne coussin! fait-il en trépignant.

— Je te l'échange contre le cristal de Saturnia, déclarez-vous.

— Gné! Gné! Pas d'accord! Gné! Donne coussin!

— Non! Si tu le veux, donne-moi le cristal.

Le bonhomme est très contrarié. Il commence à s'énerver et sautille sur place en faisant tournoyer ses petites épées.

— Gné! Donne coussin à Ploo! Gné!

Ce galèn est aussi têtu que ridicule. Il sera dur à convaincre.

Faites un jet de savoir (ND 5). Réussi, allez au **145**. Manqué, allez au **155**.

165

Les galèns sont d'étranges créatures dont on sait finalement peu de choses. Certains disent qu'ils seraient sortis d'un marécage de l'île de Broh — lors d'un déluge déclenché par le dieu Rogor —, en représailles à une mauvaise action des adorateurs de Fenryr. Quoi qu'il en soit, dans leur quête irrésistible d'or, ils auraient ensuite migré vers les monts de la Lune — où vivait à l'époque un dragon aux multiples richesses — et se sont fait oublier.

Placé au bout de votre baguette, le cristal de Saturnia vous protègera efficacement contre les attaques de Marfaz. Durant ce combat, elle diminuera de 3 points les dégâts reçus à chaque assaut et vous octroiera un bonus de 5 points d'habileté. Sachez cependant que cet objet ne sera plus utilisable après ; le pouvoir maléfique de Marfaz l'aura en effet réduit à l'état de simple minerai.

Maintenant, battez-vous au **170**.

166

— Bravo, Jack! clamez-vous haut et fort.

— J'ai été super haut, t'as vu? s'enorgueillit la grenouille.

— Oui, toutes mes félicitations. Nous avons le sabre, et cela, grâce à toi. Merci, brave Jack.

Notez sur votre fiche de personnage que vous possédez le sabre sélénique.

Allez au **143**.

167

Vous voilà tranquillisé. Jack a traversé le volcan. Mais de quand date cette vision? Y est-il parvenu à temps?

C'est alors qu'en contrebas, des hennissements de chevaux attirent votre attention. À la vue de cette impressionnante colonne, vous vous sentez réconforté. L'armée de Wello arrive. Jack a réussi !

Rassuré, vous vous retournez et regardez à l'ouest.

Allez au **160**.

168

Vos cuisses vous brûlent tant elles sont tétanisées par l'effort. Soudain, une nuée de minuscules créatures ailées surgit de la bouche du volcan et pique droit sur vous. Ce sont des diablotins ! Combattez-les avec l'aide de vos éclaireurs.

Si vous survivez à cette attaque, l'aura maléfique des diablotins vous octroie le statut maudit. Vous reprenez néanmoins la pénible ascension. À force de courage et de volonté, vous parvenez à basculer sur l'autre versant du volcan.

NUÉE DE DIABLOTINS
Habileté : 20   Points de vie : 80

— Allez, maître ! Le plus dur est fait ! encourage Jack, tranquillement installé dans votre sac.

Sans vous accorder le moindre moment de répit, vous dévalez la pente instable, avec en point de mire la verdoyante plaine de Wello. La descente est délicate et vous risquez la chute à tout moment.

— Attention où vous mettez les pieds ! prévient Jack depuis son confortable nid.

Faites un test de dextérité (ND 8). Réussi, vous atteignez l'herbe grasse sans encombre. Manqué, vous tombez lourdement sur les cailloux surchauffés (vous perdez 2 points de vie).

S'ensuit une course folle à travers les prairies. Les tours de Wello se rapprochent, mais bien trop lentement à votre goût. Y arriverez-vous à temps ?

— Plus vite, maître ! Tu peux le faire !

Si vous n'étiez pas si essoufflé, Jack aurait certainement droit à une répartie en bonne et due forme. Mais là, vous n'en avez plus la force. Vous poursuivez imperturbablement votre course, les yeux rivés sur le château de Jeld et les pensées tournées vers l'armée de Joline.

***

Enfin, vous atteignez Wello et demandez sans détour audience auprès du baron Jeld. Il vous écoute attentivement, déconcerté par vos révélations.

— Si vous n'étiez pas arrivé, cette attaque nous aurait totalement surpris, avoue-t-il. Que pouvons-nous faire?

Vous lui exposez votre plan. Il y adhère aussitôt, rassuré de savoir l'armée de Shap en marche, elle aussi.

— Vous n'êtes pas sans savoir que mes soldats sont déjà sur le pied de guerre, déclare-t-il. Nous pouvons partir sur-le-champ.

Si vous souhaitez, vous avez tout juste le temps de passer dans une boutique pour faire quelques emplettes au **117**. Sinon, allez au **135**.

169

Vous avez trop présumé de vos capacités. Mais aviez-vous vraiment le choix?

D'insupportables crampes vous saisissent soudainement les cuisses. Il est impossible de poursuivre. Vous vous écroulez lourdement dans la poussière, haletant tel un chien blessé.

Peu après, le son de centaines de pas, foulant la roche friable, matraque vos oreilles. L'ennemi est là et vous êtes impuissant. Des dizaines de crânes maudits fendent l'air vicié et déciment le restant de vos fidèles éclaireurs. L'issue ne fait plus aucun doute. C'est la mort qui vous attend.

Gravissant hargneusement la pente du volcan, une horde de créatures maléfiques se rue sur votre silhouette agonisante. Inexplicablement, ils s'arrêtent net, à quelques mètres de vous. Une ombre gigantesque rampe sur la roche. Soudain, une énorme patte crochue vous perce le front! À cet instant, une puissante voix, atone et sifflante, retentit.

— Ton monde est à moi, misérable humain! Quitte-le et rejoins-moi dans le néant!

Voilé par la terreur, votre regard aperçoit subrepticement celui qui se délecte de votre souffrance. C'est Marfaz!

« Ton monde est à moi, misérable humain !
Quitte-le et rejoins-moi dans le néant ! »

Votre peau prend une teinte pourpre lézardée d'entrelacs noirs. Sur votre tête se dressent deux cornes noires comme l'ébène. Vos vêtements se déchirent et laissent apparaître deux monstrueuses ailes translucides de chauve-souris. Vous ne ressentez plus la douleur. Dans votre cœur, les sentiments disparaissent, dévastés par un brasier de haine.

Tétanisé par la peur, les yeux larmoyants, Jack assiste à votre transformation. Vous le prenez entre vos mains et caressez son visage d'une expiration soufrée. Sa peau orange vire au rouge sang et se recouvre d'innombrables pustules. Sur sa tête, deux petites cornes sombres s'élèvent lentement. Sa bouche baveuse s'entrouvre, laissant échapper une voix ténébreuse.

— Nous avons un nouveau maître, maître…

Votre vie d'homme se termine ici. Vous êtes maudit à jamais et servez désormais le puissant Marfaz. Qui sait, peut-être deviendrez-vous un jour un héros des enfers ?…

FIN

170

Le mal personnifié est face à vous. Les éclaireurs rescapés et les chevaliers venus en renfort sont à vos côtés. Affrontez Marfaz !

Si vous terrassez ce suppôt des enfers, vous lui arrachez une de ses griffes, en guise de trophée (notez que vous possédez une griffe maléfique). Les soldats rescapés vous imitent et brandissent les énormes crochets d'ivoire noir en signe de victoire.

En contrebas, la bataille se termine sur la victoire des forces du bien. Les dernières créatures maléfiques sont achevées méticuleusement, sans la moindre pitié. Une clameur enthousiaste retentit.

— Victoire ! Gloire à Shap ! Gloire à Wello !

Peu à peu, tel un cadeau généreusement offert par les dieux, le calme revient enfin sur les pentes cendrées du Volcan du Levant. Inexplicablement, la lave cesse de couler et la terre de trembler.

Si Jack est avec vous, allez au **200**. Sinon, allez au **199**.

MARFAZ

Habileté : 30   Points de vie : 150

171

Généreusement offerte par les fées, la larme de cristal va peut-être vous sauver la vie. Elle est capable d'absorber une partie des pouvoirs maléfiques de Marfaz. Annulez les statuts maudit et empoisonné que Marfaz vient de vous infliger. Notez aussi que le démon aura un malus de 10 points d'habileté pendant tout le combat.

Préparez-vous à combattre Marfaz au **111**.

172

Le bâton des lutins est un objet remarquable utilisant les puissances bénéfiques de la nature. Il a de multiples pouvoirs, mais seuls les lutins en connaissent tous les secrets.

Durant le combat, vous ne pourrez utiliser que son pouvoir de régénération. Vous ramènerez ainsi vos points de vie au maximum et obtiendrez le statut sain. Ensuite, l'objet se volatilisera (rayez-le de votre fiche de personnage après son utilisation).

> Combattez maintenant le démon au **170**.

173

En vous voyant courir ainsi vers une mort certaine, c'est 10 vaillants combattants en armures qu'envoie le général. Ils quittent la mêlée et viennent en renfort.

Chaque chevalier vous procure un bonus de 1 point d'habileté et 1 point de dégâts pour ce combat. Ils ne seront pas de trop, car Marfaz est un adversaire colossal !

> Allez au **175**.

174

Le général est pragmatique et ne fait pas dans le superflu. Il y a tant à faire au cœur de la bataille. Il envoie à votre rescousse un groupe de cinq vaillants combattants en armures.

Chaque chevalier vous procure un bonus de 1 point d'habileté et 1 point de dégâts pour ce combat. Ils ne seront pas de trop, car Marfaz est un adversaire colossal !

Allez au **175**.

175

Accompagné de vos alliés, vous atteignez le bord de l'immense bouche de roche aux lèvres brûlantes. Soudain, tout se met à trembler et des rivières de lave jaillissent de son cratère. Le démon a réveillé les entrailles infernales de la terre !

Nombreux sont ceux qui tombent, happés par les flots incandescents. Les deux camps ont un nouvel adversaire : le magma destructeur !

Étirant sa répugnante et gigantesque silhouette, le démon vous toise en ricanant.

— Pauvres humains ! lance-t-il d'une voix atone et sifflante. Inclinez-vous devant Marfaz, seigneur des enfers, maître des mutations !

— Ta dernière heure a sonné, démon ! répondez-vous rageusement. Retourne parmi les tiens et laisse notre monde en paix !

— Votre lutte est vaine. Ce monde est à moi. Mourez et rejoignez-moi dans le néant.

— Jamais ! concluez-vous, fermement.

À cet instant, Marfaz vous lance un puissant sortilège. Vous obtenez instanta-nément les statuts maudit et empoisonné. Il vous est impossible d'annuler ces deux statuts tant que Marfaz est vivant. De plus, son aura maléfique rend toutes vos potions antidote et eau bénite inutilisables (rayez-les de votre équipement).

Contre un démon d'une telle puissance, il vous faut tous les atouts possibles.

Si vous possédez une larme de cristal, allez au **171**. Sinon, allez au **111**.

176

Vous faites un carnage sans même avoir à vous défendre.

Ensuite, tout le monde se regroupe (allez au **19**).

177

Tournant le dos à la Taverne des Miracles, vous reprenez votre route. Quelques minutes plus tard, une silhouette familière approche. C'est celle d'une vielle carriole tirée par un mulet grisonnant.

— Salut gamin ! Tu t'es fait des copains ? déclare le vieil homme menant le véhicule bringuebalant.

Vous tirez sur la bride et stoppez votre cheval, aussitôt imité par vos hommes.

— Oh, c'est le vieux Pit ! s'exclame Jack, tout souriant.

— Je suis bien content de te revoir, petit. Alors, tu l'as trouvé ce cimeterre maudit ?

Si vous possédez un cimeterre maudit, allez au **4**. Sinon, allez au **5**.

178

Vous déposez le crâne au pied de la plus grande plante.

— Voici la relique de votre guide, déclarez-vous solennellement. J'espère qu'elle vous aidera à survivre jusqu'à ce que nous ayons occis Marfaz.

Allez au **69**.

179

La mort dans l'âme, vous vous résignez à abandonner l'éclaireur à son triste sort. Aussitôt, les plantes le dévorent! Modifiez votre fiche de personnage.

— Pourquoi as-tu fais ça? demande Jack, très déçu.

Muselé par la honte, vous ne pouvez répondre. Les regards de Jack et de vos hommes en disent long sur leur incompréhension. Vous avez agi en dévoué serviteur de Lunaris. Cet acte odieux vous coûte 1 point de chance et vous octroie le statut maudit.

— Comment pouvons-nous quitter cet endroit ? demandez-vous, pressé d'en finir.

— Le gouffre fumant est l'unique passage, répond la plante en désignant d'une feuille un nuage de fumée situé non loin.

Soulagé de quitter le théâtre de votre crime, vous filez droit vers l'étrange phénomène au **78**.

180

Si vous êtes disposé à dépenser sans trop compter, faites votre choix. S'ils sont dans cette liste, vos biens peuvent être revendus pour la moitié de leur valeur d'achat.

OBJETS	EMPL.	PRIX
MÉDAILLON DE RÉSURRECTION	Cou	20 pièces d'argent
Ramène vos points de vie à leur maximum lorsqu'ils atteignent zéro		
POUDRE DE SCARABÉE	Sac à dos	20 pièces d'argent
Régénère un talent		
GLAIVE DE PLATINE	Main droite	50 pièces d'argent
Réservé aux guerriers, évite le statut maudit et ajoute 1 point aux dégâts infligés à l'adversaire		
FLÈCHES EN ORME SACRÉ	Main droite	50 pièces d'argent
Réservées aux archers, évitent le statut maudit et ajoutent 1 point aux dégâts infligés à l'adversaire		
BÂTON DE CHÊNE SACRÉ	Main droite	50 pièces d'argent
Réservé aux druides, évite le statut maudit et ajoute 1 point aux dégâts infligés à l'adversaire		
BAGUETTE MAGIQUE DU DRAGON	Main droite	50 pièces d'argent
Réservée aux magiciens, évite le statut maudit et ajoute 1 point aux dégâts infligés à l'adversaire		
POIGNARD SACRÉ	Main droite	50 pièces d'argent
Évite le statut maudit et permet de calculer les dégâts infligés à l'adversaire sans malus		

OBJETS	EMPL.	PRIX
ŒIL DE BASILIC	Sac à dos	80 pièces d'argent
Multiplie par 5 les dégâts infligés à l'adversaire pendant un assaut		
POTION DE CHANCE	Sac à dos	20 pièces d'argent
Permet d'être automatiquement chanceux lors d'un test de chance		
POTION DE RÉUSSITE	Sac à dos	20 pièces d'argent
Permet de réussir automatiquement un test de caractéristiques		

Vous mettez ensuite un terme à l'entrevue. Il ne faut pas perdre de temps. Marfaz se rapproche de Wello...

— Bonne route, gamin! déclare Pit.

— On y va! ordonnez-vous. Direction l'est!

Choisissez votre route sur la carte. Vous pouvez aller vers la Passe de l'Orient (#50) ou vers la Grotte des Galèns (#60). N'oubliez pas de jouer la règle des rencontres aléatoires.

ÉPOUVANTAILS MAUDITS
Habileté : 10   Points de vie : 30

191

Soudain, des individus à la démarche maladroite accourent, clopin-clopant, dans votre direction. Ce sont des épouvantails maudits.

— Mets-leur la tête au carré, à ces potirons sur pattes, maître !

Armés de fourches aussi acérées que rouillées, ils chargent sans réfléchir. Mais le pourraient-ils, de toute façon ?… Défendez-vous (avec l'aide de vos éclaireurs) !

Vainqueur, si vous avez reçu 10 points de blessures ou plus, vous êtes contaminé par la rouille malsaine et obtenez le statut empoisonné.

Retournez sur le plan ou au paragraphe d'où vous venez.

GOBELINS MAUDITS
Habileté : 12   Points de vie : 40

192

Soudainement, des cris insupportables résonnent tout autour. C'est une embuscade, tendue par une horde de gobelins.

— Fais-les taire, maître! Je n'en peux plus de leurs cris nasillards!

Les créatures se ruent vers vous, bien décidées à satisfaire leurs instincts belliqueux. Fermez-leur le clapet pour de bon (n'oubliez pas les bonus de vos éclaireurs)!

Vainqueur, vous ramassez des dents de gobelins. Il y en a beaucoup, mais peu ont de la valeur, car elles sont en bien mauvais état. Lancez un dé pour savoir combien ne sont pas cariées. Chaque dent saine est revendable 1 pièce d'argent dans n'importe quelle boutique.

Retournez sur le plan ou au paragraphe d'où vous venez.

GOLEM DE PIERRE
Habileté : 14   Points de vie : 50

193

De lourds bruits de pas vous mettent en alerte.

— On dirait qu'on frappe des cailloux, les uns contre les autres, maître…

Peu après, au détour d'un rocher, un énorme golem de pierre apparaît. Dès qu'il vous aperçoit, il charge brutalement, bien décidé à vous écraser. Cassez-le en deux (n'oubliez pas les bonus de vos éclaireurs) !

Vainqueur, vous éparpillez les fragments de roche et poursuivez votre route.

Retournez sur le plan ou au paragraphe d'où vous venez.

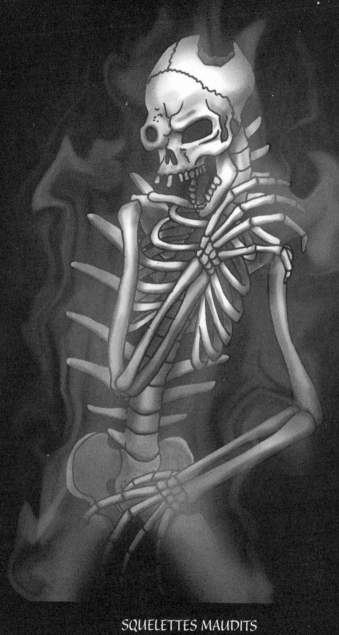

SQUELETTES MAUDITS
Habileté : 16   Points de vie : 60

194

Soudain, des silhouettes décharnées vous barrent le passage. Ce sont d'immenses squelettes entourés d'auras rougeoyantes.

— Vas-y, maître! Confectionne-moi un superbe jeu d'osselets!

Mais le combat qui s'annonce n'a rien d'amusant. Il pourrait vous coûter la vie. Défendez-vous avec le plus grand sérieux (n'oubliez pas les bonus de vos éclaireurs)!

Vainqueur, vous pouvez récupérer un crâne de feu. Lancé sur un adversaire, il ajoutera 5 points de dégâts lors d'un assaut. Après, il se désintègrera.

Si vous avez reçu 10 points de blessures ou plus, vous obtenez le statut maudit.

Retournez sur le plan ou au paragraphe d'où vous venez.

GOLEMS DE CRISTAL
Habileté : 18   Points de vie : 70

195

Un étrange tintement attire votre attention. Au détour d'un rocher, vous apercevez des golems de cristal. Lorsqu'ils se retournent, leurs facettes translucides réfléchissent la lumière du soleil et vous aveuglent un bref instant.

— Sois brillant, maître !

Vos yeux larmoyants clignent frénétiquement. Débutez ce combat avec un résultat automatique de « 1 » au premier assaut. Ensuite, poursuivez normalement. Et n'oubliez pas les bonus de vos éclaireurs.

Vainqueur, vous pouvez récupérer un cristal de roche particulièrement beau. Il pourra être revendu 10 pièces d'argent dans n'importe quelle boutique.

Retournez sur le plan ou au paragraphe d'où vous venez.

NUÉE DE DIABLOTINS
Habileté : 20   Points de vie : 80

196

Tout à coup, un nuage grandit dans le ciel.

— Qu'est-ce qu'il est noir, maître. Et qu'est-ce qu'il arrive vite… sur nous !

Vous êtes attaqué par une nuée de diablotins. Ces minuscules créatures ailées sont très véloces. Leurs lances sont peut-être de simples aiguilles, mais elles sont chauffées au rouge. Défendez-vous (n'oubliez pas les bonus de vos éclaireurs) !

Si vous êtes vainqueur, vous êtes victime du terrible pouvoir des diablotins. Leur aura maléfique vous octroie automatiquement le statut maudit à la fin du combat.

Retournez sur le plan ou au paragraphe d'où vous venez.

199

Soudain, une petite voix familière retentit.

— Je suis là, maître !

Jack bondit à votre rencontre, par-dessus corps et survivants. Il vous saute au cou, visiblement ravi de vous retrouver.

— T'as vu comment on les a décimés, ces démons ? Ça, c'était de la bataille !

— Oui, Jack. Mais où étais-tu ? Je commençais à m'inquiéter.

— J'ai traversé un labyrinthe infernal, répond-il fièrement. Mais malgré les galeries enfumées, les torrents de lave, les hordes de diablotins et Marfaz lui-même, j'ai quand même réussi à traverser le volcan. Prévenir Wello n'était alors qu'une formalité.

— Je te félicite, Jack. Tu as brillamment rempli cette mission délicate.

— Voyons, c'est tout naturel pour un héros comme moi...

Allez au **200**.

200

Montant une superbe jument d'un blanc immaculé, la baronne Joline rejoint le jeune

Jeld et son étalon à robe alezan. Les deux nobles mettent pied à terre et se font une accolade chaleureuse. Les deux baronnies sont enfin réunies !

Vous vous mettez alors à rêver à des temps de paix et de prospérité. Fermant les yeux pour profiter de l'instant, vous respirez profondément l'air de la victoire.

Joline vous hèle et vous prie de la rejoindre. En approchant, l'image de son sourire vous procure un sentiment de sérénité retrouvée. Même si vous êtes plutôt du genre modeste, vous savez très bien que ce succès est en grande partie le vôtre. On vous porte même en triomphe. Jack prend bien sûr tout cela pour lui.

— C'est génial, maître ! Je suis un héros ! s'exclame-t-il en sautillant sur votre tête.

— Oui, mais… Aïe ! Calme-toi ! Tu me fais mal, petit excité !

***

Sur le chemin du retour vers la cité de Shap, vous racontez à Joline vos péripéties. Elle n'est pas habituée à de telles aventures et ses remarques vous font parfois sourire. Mais vous savez rester humble et, après avoir traversé de tels dangers, sa simplicité et sa gentillesse sont d'un grand réconfort. Bien sûr, Jack ne peut s'empêcher d'intervenir à maintes reprises, faisant à son tour sourire la baronne, mais aussi grincer vos dents.

Une fois sortis des Monts de la Lune, vous traversez les vertes prairies côtières, que vous commencez à bien connaître. Partout, les stigmates des malédictions sont encore visibles. Nombreux sont les miséreux dont vous croisez le chemin. Mais la seule vue de cette armée victorieuse suffit à leur remonter le moral.

— Tout va s'arranger, maintenant, leur promet Joline. Allez en paix.

Lorsque vous pénétrez, acclamés par la foule, dans l'enceinte de la cité, vous avez l'agréable surprise de retrouver votre fidèle monture.

— C'est incroyable. Elle est revenue toute seule ici, explique un palefrenier. Prenez-en grand soin. Elle est d'une intelligence remarquable.

Dans la soirée, à l'issue d'une cérémonie solennelle, vous êtes décorés par la baronne, devant un parterre de noblesse aussi admiratif qu'envieux.

Enfin la journée s'achève, remplie et épuisante. Une fois revenu dans vos quartiers, vous profitez du confort et de la tranquillité des lieux pour faire le point.

Le démon Marfaz ne nuira plus et son pouvoir maléfique s'est volatilisé. La baronnie de Shap peut désormais travailler sereinement à sa reconstruction.

Jack décompresse à sa façon, tout en dégustant une pâtisserie.

— Où l'as-tu trouvée, Jack ?

— Ben… Aux cuichines, évidemment !

— Décidément, tu es incorrigible…

Soudain, on frappe à la porte.

— Jack ! Qu'est-ce que tu as encore fait ?!

— Rien du tout, che t'achure !

En ouvrant, vous découvrez un soldat de la garde personnelle de Joline.

— La baronne veut vous voir, messire, déclare-t-il. Suivez-moi.

— Ch'ai déchà entendu cha, ironise Jack, la bouche pleine…

Vous sortez prestement et suivez le soldat. Avalant sa gourmandise, Jack vous emboîte le pas.

***

En arrivant dans la salle d'audience, la vue du visage décomposé de Joline vous fait craindre le pire.

— Je viens d'apprendre une bien mauvaise nouvelle, déclare-t-elle, gravement.

— Je vous écoute, répondez-vous.

— Malkya, ma mage personnelle, revient tout juste de la baronnie de Drew. Elle y a découvert des choses alarmantes. Malkya ?…

Une jeune fille s'avance. Couronnés par un diadème, ses longs cheveux bruns tombent sur une fine silhouette drapée dans une élégante robe de soie verte. Aussi angélique soit-il, son visage laisse transparaître une grande inquiétude.

— Nous sommes en danger, annonce-t-elle. Un rêve de vent est sur le point d'éclore à Drew.

— De quoi s'agit-il ? demandez-vous, intrigué.

— D'une fleur maléfique, capable d'enfanter un puissant démon.

— Un démon aussi puissant que Marfaz ? demande Jack.

— Peut-être bien plus encore, répond-elle, aucunement étonnée de voir parler une grenouille.

— Alors, le cauchemar n'est pas terminé... soupirez-vous, affecté par cette annonce.

— Il est loin de l'être... reprend Malkya. Mais il y a peut-être un espoir.

— Quel est-il donc, dame Malkya ? demandez-vous aussitôt.

— Si on parvient à détruire le rêve de vent avant qu'il n'éclose, nous pourrons préserver la paix. Du moins, je l'espère...

— Comptez sur moi ! déclarez-vous, courageusement.

— Et sur moi aussi ! complète Jack, surexcité par la perspective de cette nouvelle aventure. Je vais vous l'arracher, cette mauvaise fleur !...

À SUIVRE...

Félicitations !

À l'issue de ce dangereux périple, vous êtes parvenu à vaincre le démon Marfaz et sa terrifiante armée. Grâce à vous, les baronnies de Shap et de Wello sont débarrassées des forces maléfiques qui troublaient la paix. Mais qu'est donc ce mystérieux rêve de vent caché à Drew ? Les autres baronnies sont-elles vraiment en sécurité ? Marfaz était-il le véritable responsable de cette invasion ?...

Cette mission vous a permis de progresser, voici les modifications à apporter à votre fiche de personnage :

- Ajoutez +1 à votre niveau (vous êtes plus expérimenté).
- Augmentez d'un point les caractéristiques suivantes : dextérité,

perception, savoir, et esprit (vous vous êtes aguerri).

- 80 pièces d'argent vous sont offertes.

Vous pouvez dès maintenant faire des achats dans la boutique de Shap. Notez également que votre personnage a récupéré tous ses points de vie, ainsi que le statut sain, grâce aux bons soins des guérisseurs personnels de Joline.

Nous espérons que vous vous êtes bien amusé avec ce tome d'*À Vous de Jouer 2*. Vous pouvez l'apprécier à nouveau en incarnant d'autres personnages, ou faire tout simplement d'autres choix pour en découvrir plus sur l'étonnante région des Monts de la Lune. N'hésitez pas à nous donner votre avis sur notre forum :

www.seriesfantastiques.com

Dans le tome 3, intitulé *Le rêve de vent*, vous allez parcourir la baronnie de Drew à la recherche d'une fleur maléfique. Réservez dès maintenant votre livre dans votre boutique préférée ; qu'elle soit sur internet ou au coin de la rue.

D'ici sa publication prochaine, venez vite nous rejoindre sur notre site internet, au **www. avdj2.com.**

Vous pourrez participer à des quêtes inédites, aussi passionnantes les unes que les autres. Et ce n'est pas tout. De nombreuses autres surprises vous y attendent.

À très bientôt. Les baronnies du Sud ont grand besoin de vous!...

Annexe : feuilles de personnage

Vous trouverez dans ces dernières pages un modèle de feuille de personnage que vous pourrez utiliser dans cette série.

Vous retrouverez également les feuilles de personnage (version couleur) en format imprimable sur notre site Web :

www.avdj2.com

N'oubliez pas que vous démarrez cette aventure avec 200 pièces d'argent. C'est à vous de les utiliser pour vous équiper.

ARCHER

Nom	Table	Différence entre l'habileté du héros et de son adversaire					
		Défense			Attaque		
		+ D11	D10 - D6	D5 - D1	A0 - A5	A6 - A10	A11 +
Statut	1	héros : -7 adv : -4	héros : -6 adv : -4	héros : -5 adv : -4	héros : -4 adv : -4	héros : -3 adv : -4	héros : -2 adv : -4
	2	héros : -6 adv : -4	héros : -5 adv : -4	héros : -4 adv : -4	héros : -3 adv : -4	héros : -2 adv : -4	héros : -1 adv : -4
Vie (maximum : 52)	3	héros : -6 adv : -5	héros : -5 adv : -5	héros : -4 adv : -5	héros : -3 adv : -5	héros : -2 adv : -5	héros : -1 adv : -5
	4	héros : -5 adv : -5	héros : -4 adv : -5	héros : -3 adv : -5	héros : -2 adv : -5	héros : -1 adv : -5	héros : -1 adv : -5
	5	héros : -5 adv : -6	héros : -4 adv : -6	héros : -3 adv : -6	héros : -2 adv : -6	héros : -1 adv : -6	héros : 0 adv : -6
Monnaie (départ : 200 pa)	6	héros : -4 adv : -6	héros : -3 adv : -6	héros : -2 adv : -6	héros : -1 adv : -6	héros : 0 adv : -6	héros : 0 adv : -6

(Lancer 1 dé (6 faces))

Combat

Habileté	Bonus d'habileté	Bonus de dégâts	Autres bonus
03			

Caractéristiques

Dextérité	Perception	Savoir	Esprit	Chance
01	03	02	01	07

Talents

Esquive (TA)	Grâce à sa rapidité, l'archer peut éviter les coups adverses. Donc pas de dégâts reçus pendant 2 assauts consécutifs.
Tir précis (TA)	Grâce à sa précision, l'archer touche un point faible de l'adversaire. dégâts infligés +10 pendant un assaut.

ARCHÈRE

Nom	Table	Différence entre l'habileté du héros et de son adversaire					
		Défense			Attaque		
		+ D11	D10 - D6	D5 - D1	A0 - A5	A6 - A10	A11 +
Statut	1	héros : -7 adv : -4	héros : -6 adv : -4	héros : -5 adv : -4	héros : -4 adv : -4	héros : -3 adv : -4	héros : -2 adv : -4
	2	héros : -6 adv : -4	héros : -5 adv : -4	héros : -4 adv : -4	héros : -3 adv : -4	héros : -2 adv : -4	héros : -1 adv : -4
Vie (maximum : 52)	3	héros : -6 adv : -5	héros : -5 adv : -5	héros : -4 adv : -5	héros : -3 adv : -5	héros : -2 adv : -5	héros : -1 adv : -5
	4	héros : -5 adv : -5	héros : -4 adv : -5	héros : -3 adv : -5	héros : -2 adv : -5	héros : -1 adv : -5	héros : -1 adv : -5
Monnaie (départ : 200 pa)	5	héros : -5 adv : -6	héros : -4 adv : -6	héros : -3 adv : -6	héros : -2 adv : -6	héros : -1 adv : -6	héros : 0 adv : -6
	6	héros : -4 adv : -6	héros : -3 adv : -6	héros : -2 adv : -6	héros : -1 adv : -6	héros : 0 adv : -6	héros : 0 adv : -6

Lancer 1 dé (6 faces)

Combat

Habileté	Bonus d'habileté	Bonus de dégâts	Autres bonus
03			

Caractéristiques

Dextérité	Perception	Savoir	Esprit	Chance
01	03	02	01	07

Talents

Esquive (TA)	Grâce à sa rapidité, l'archère peut éviter les coups adverses. Donc pas de dégâts reçus pendant 2 assauts consécutifs.
Tir précis (TA)	Grâce à sa précision, l'archère touche un point faible de l'adversaire. dégâts infligés +10 pendant un assaut.

DRUIDE

Nom	Table	Différence entre l'habileté du héros et de son adversaire					
		Défense			**Attaque**		
		+ D11	D10 - D6	D5 - D1	A0 - A5	A6 - A10	A11 +
Statut	1	héros : -7 adv : -4	héros : -6 adv : -4	héros : -5 adv : -4	héros : -4 adv : -4	héros : -3 adv : -4	héros : -2 adv : -4
	2	héros : -6 adv : -4	héros : -5 adv : -4	héros : -5 adv : -4	héros : -4 adv : -4	héros : -2 adv : -4	héros : -1 adv : -4
Vie (maximum : 47)	3	héros : -6 adv : -5	héros : -5 adv : -5	héros : -4 adv : -5	héros : -3 adv : -5	héros : -2 adv : -5	héros : -1 adv : -5
	4	héros : -5 adv : -5	héros : -4 adv : -5	héros : -3 adv : -5	héros : -3 adv : -5	héros : -1 adv : -5	héros : -1 adv : -5
Monnaie (départ : 200 pa)	5	héros : -5 adv : -6	héros : -4 adv : -6	héros : -3 adv : -6	héros : -2 adv : -6	héros : -1 adv : -6	héros : 0 adv : -6
	6	héros : -4 adv : -6	héros : -3 adv : -6	héros : -2 adv : -6	héros : -1 adv : -6	héros : 0 adv : -6	héros : 0 adv : -6

Lancer 1 dé (6 faces)

Combat

Habileté	Bonus d'habileté	Bonus de dégâts	Autres bonus
03			

Caractéristiques

Dextérité	Perception	Savoir	Esprit	Chance
01	02	01	03	07

Talents

Soins (TA)	Le druide guérit de l'empoisonnement et récupère des points de vie. +10 points de vie et annule le statut empoisonné.
Totem Aigle (TA)	Le druide se transforme en aigle. Blessures reçues -1 par assaut pendant la durée d'un combat.

DRUIDESSE

Nom	Table	Différence entre l'habileté du héros et de son adversaire					
		Défense			Attaque		
		+ D11	D10 - D6	D5 - D1	A0 - A5	A6 - A10	A11 +
Statut	1	héros : -7 adv : -4	héros : -6 adv : -4	héros : -5 adv : -4	héros : -4 adv : -4	héros : -3 adv : -4	héros : -2 adv : -4
	2	héros : -6 adv : -4	héros : -5 adv : -4	héros : -4 adv : -4	héros : -3 adv : -4	héros : -2 adv : -4	héros : -1 adv : -4
Vie (maximum : 47)	3	héros : -6 adv : -5	héros : -5 adv : -5	héros : -4 adv : -5	héros : -3 adv : -5	héros : -2 adv : -5	héros : -1 adv : -5
	4	héros : -6 adv : -5	héros : -5 adv : -5	héros : -3 adv : -5	héros : -2 adv : -5	héros : -1 adv : -5	héros : -1 adv : -5
Monnaie (départ : 200 pa)	5	héros : -5 adv : -6	héros : -4 adv : -6	héros : -3 adv : -6	héros : -2 adv : -6	héros : -1 adv : -6	héros : 0 adv : -6
	6	héros : -4 adv : -6	héros : -3 adv : -6	héros : -2 adv : -6	héros : -1 adv : -6	héros : 0 adv : -6	héros : 0 adv : -6

Lancer 1 dé (6 faces)

Combat

Habileté	Bonus d'habileté	Bonus de dégâts	Autres bonus
03			

Caractéristiques

Dextérité	Perception	Savoir	Esprit	Chance
01	02	01	03	07

Talents

Soins (TA)	La druidesse guérit de l'empoisonnement et récupère des points de vie. +10 points de vie et annule le statut empoisonné.
Totem aigle (TA)	La druidesse se transforme en aigle. Blessures reçues -1 par assaut pendant la durée d'un combat.

GUERRIER

Nom	Table	Différence entre l'habileté du héros et de son adversaire					
		Défense			Attaque		
		+ D11	D10 - D6	D5 - D1	A0 - A5	A6 - A10	A11 +
Statut	1	héros : -7 adv : -4	héros : -6 adv : -4	héros : -5 adv : -4	héros : -4 adv : -4	héros : -3 adv : -4	héros : -2 adv : -4
	2	héros : -6 adv : -4	héros : -5 adv : -4	héros : -4 adv : -4	héros : -4 adv : -4	héros : -4 adv : -4	héros : -1 adv : -4
Vie (maximum : 52)	3	héros : -6 adv : -5	héros : -5 adv : -5	héros : -4 adv : -5	héros : -3 adv : -5	héros : -2 adv : -5	héros : -1 adv : -5
	4	héros : -5 adv : -5	héros : -5 adv : -5	héros : -3 adv : -5	héros : -2 adv : -5	héros : -1 adv : -5	héros : -1 adv : -5
Monnaie (départ : 200 pa)	5	héros : -5 adv : -6	héros : -4 adv : -6	héros : -3 adv : -6	héros : -2 adv : -6	héros : -1 adv : -6	héros : 0 adv : -6
	6	héros : -4 adv : -6	héros : -3 adv : -6	héros : -2 adv : -6	héros : -1 adv : -6	héros : 0 adv : -6	héros : 0 adv : -6

Lancer 1 dé (6 faces)

Combat

Habileté	Bonus d'habileté	Bonus de dégâts	Autres bonus
03			

Caractéristiques

Dextérité	Perception	Savoir	Esprit	Chance
03	01	01	02	07

Talents

Hargne (TA)	Agressivité passagère qui permet d'augmenter les dégâts infligés. dégâts infligés +5 pendant un assaut.
Position défensive (TA)	L'habileté du guerrier est augmentée de 5 points lors d'un combat s'il se bat avec un bouclier.

GUERRIÈRE

Nom	Table	Différence entre l'habileté du héros et de son adversaire					
		Défense			Attaque		
		+ D11	D10 - D6	D5 - D1	A0 - A5	A6 - A10	A11 +
Statut	1	héros : -7 adv : -4	héros : -6 adv : -4	héros : -5 adv : -4	héros : -4 adv : -4	héros : -3 adv : -4	héros : -2 adv : -4
	2	héros : -6 adv : -4	héros : -5 adv : -4	héros : -4 adv : -4	héros : -3 adv : -4	héros : -2 adv : -4	héros : -1 adv : -4
Vie (maximum : 52)	3	héros : -6 adv : -5	héros : -5 adv : -5	héros : -4 adv : -5	héros : -3 adv : -5	héros : -2 adv : -5	héros : -1 adv : -5
	4	héros : -5 adv : -5	héros : -4 adv : -5	héros : -3 adv : -5	héros : -2 adv : -5	héros : -1 adv : -5	héros : -1 adv : -5
Monnaie (départ : 200 pa)	5	héros : -5 adv : -6	héros : -4 adv : -6	héros : -3 adv : -6	héros : -2 adv : -6	héros : -1 adv : -6	héros : 0 adv : -6
	6	héros : -4 adv : -6	héros : -3 adv : -6	héros : -2 adv : -6	héros : -1 adv : -6	héros : 0 adv : -6	héros : 0 adv : -6

Lancer 1 dé (6 faces)

Combat

Habileté	Bonus d'habileté	Bonus de dégâts	Autres bonus
03			

Caractéristiques

Dextérité	Perception	Savoir	Esprit	Chance
03	01	01	02	07

Talents

Hargne (TA)	Agressivité passagère qui permet d'augmenter les dégâts infligés. dégâts infligés +5 pendant un assaut.
Position défensive (TA)	L'habileté de la guerrière est augmentée de 5 points lors d'un combat si elle se bat avec un bouclier.

MAGICIEN

Nom

Statut

Vie (maximum : 47)

Monnaie (départ : 200 pa)

Table	Différence entre l'habileté du héros et de son adversaire					
	Défense			Attaque		
	+ D11	D10 - D6	D5 - D1	A0 - A5	A6 - A10	A11 +
1	héros : -7 adv : -4	héros : -6 adv : -4	héros : -5 adv : -4	héros : -4 adv : -4	héros : -3 adv : -4	héros : -2 adv : -4
2	héros : -6 adv : -4	héros : -5 adv : -4	héros : -4 adv : -4	héros : -3 adv : -4	héros : -2 adv : -4	héros : -1 adv : -4
3	héros : -6 adv : -5	héros : -5 adv : -5	héros : -4 adv : -5	héros : -3 adv : -5	héros : -2 adv : -5	héros : -1 adv : -5
4	héros : -5 adv : -5	héros : -4 adv : -5	héros : -3 adv : -5	héros : -2 adv : -5	héros : -1 adv : -5	héros : -1 adv : -5
5	héros : -5 adv : -6	héros : -4 adv : -6	héros : -3 adv : -6	héros : -2 adv : -6	héros : -1 adv : -6	héros : 0 adv : -6
6	héros : -4 adv : -6	héros : -3 adv : -6	héros : -2 adv : -6	héros : -1 adv : -6	héros : 0 adv : -6	héros : 0 adv : -6

Lancer 1 dé (6 faces)

Combat

Habileté	Bonus d'habileté	Bonus de dégâts	Autres bonus
03			

Caractéristiques

Dextérité	Perception	Savoir	Esprit	Chance
02	01	03	01	07

Talents

Foudre (TA)	Le magicien foudroie instantanément l'adversaire. Il inflige +10 dégâts pendant un assaut.
Gel (TA)	Le magicien gèle son adversaire. L'adversaire doit réduire son habileté de 5 points la durée d'un combat.

MAGICIENNE

Nom	Table	Différence entre l'habileté du héros et de son adversaire					
		Défense			Attaque		
		+ D11	D10 - D6	D5 - D1	A0 - A5	A6 - A10	A11 +
Statut	1	héros : -7 adv : -4	héros : -6 adv : -4	héros : -5 adv : -4	héros : -4 adv : -4	héros : -3 adv : -4	héros : -2 adv : -4
	2	héros : -6 adv : -4	héros : -5 adv : -4	héros : -5 adv : -4	héros : -3 adv : -4	héros : -2 adv : -4	héros : -1 adv : -4
Vie (maximum : 47)	3	héros : -6 adv : -5	héros : -5 adv : -5	héros : -4 adv : -5	héros : -3 adv : -5	héros : -2 adv : -5	héros : -1 adv : -5
	4	héros : -5 adv : -5	héros : -4 adv : -5	héros : -3 adv : -5	héros : -2 adv : -5	héros : -1 adv : -5	héros : -1 adv : -5
	5	héros : -5 adv : -6	héros : -4 adv : -6	héros : -3 adv : -6	héros : -2 adv : -6	héros : -1 adv : -6	héros : 0 adv : -6
Monnaie (départ : 200 pa)	6	héros : -4 adv : -6	héros : -3 adv : -6	héros : -2 adv : -6	héros : -1 adv : -6	héros : 0 adv : -6	héros : 0 adv : -6

Lancer 1 dé (6 faces)

Combat

Habileté	Bonus d'habileté	Bonus de dégâts	Autres bonus
03			

Caractéristiques

Dextérité	Perception	Savoir	Esprit	Chance
02	01	03	01	07

Talents

Foudre (TA)	La magicienne foudroie instantanément l'adversaire. Elle inflige +10 dégâts pendant un assaut.
Gel (TA)	La magicienne gèle son adversaire. L'adversaire doit réduire son habileté de 5 points la durée d'un combat.

INVENTAIRE

Main droite	Main gauche	Tête	Corps
Anneau droit	Anneau gauche	Cou	Pieds

NOTES

De la même série

Tome 1